Birgit Pölzl

Die Leichtigkeit in den Nischen

Birgit Pölzl

Die Leichtigkeit in den Nischen

ERZÄHLUNG

Verlag Styria

Umschlagbild:
Herbert Falken, Hundemystik, 1996.

Die Deutsche Bibliothek – CIP-Einheitsaufnahme

Pölzl, Birgit:
Die Leichtigkeit in den Nischen : Erzählung / Birgit Pölzl. –
Graz ; Wien ; Köln : Verl. Styria, 1998
ISBN 3-222-12526-0

Umschlaggestaltung: Peter Salmutter, Graz
Gesamtherstellung: Medienhaus Styria, Graz
ISBN 3-222-12526-0

Die Gesichter minen den Anspruch
und hängen die Warnschilder aus.

Es wird die Erzählung
von einem, der auszieht.

1.

Da war eine Sehnsucht, die über der Familie hing, schon seit Generationen. Ohne daß irgendwer versucht hätte, ernsthaft an die Erfüllung zu denken, wurde sie tradiert und blieb erkennbar an einem Hang zur Schweigsamkeit und zur kargen Andeutung und an stehenden Wendungen.

Die Insel. Auf einer Insel leben nur mit dem Notwendigen. Und mit einer Freude. Freilich sagte man nie: und mit einer Freude, sondern nur: mit dem Notwendigen, aber die Freude gehörte in diesen Augenblicken so klar zum Notwendigen, daß man sie nicht eigens benannte.

Oder: eigentlich möcht ich Totengräber sein. Die langsame Feierlichkeit oder die feierliche Langsamkeit und die Richtung des Denkens, wobei man nicht wußte, ob sie einander bedingten: die Richtung des Denkens also die feierliche Langsamkeit oder die langsame Feierlichkeit, beziehungsweise die feierliche Langsamkeit oder die langsame Feierlichkeit die Richtung des Denkens. Wie auch immer – Tatsache blieb, daß gerade die Erfolgreichsten – erfolgreich waren alle, das war gerade das Erstaunliche – den Totengräber-Wendungen am stärksten anhingen. Andere wieder bevorzugten die gemeinsame Vorstellung des Blockhauses im Wald mit der immer möglichen Hand-in-den-Mund-Bewegung und wieder andere den Blick auf ein Kindergesicht. Wurde auf den Insel-, Totengräber-, Blockhauskomplex eher von den Jüngeren angespielt, so war das Anschaun-Wollen des Kindergesichts Gemeinsamkeit der Älteren. Wie bei dem Inseltopos wurde auch nie ausgesprochen, was es mit dem Anschaun des Kindergesichts auf sich hatte.

Schön, immer müßte man so ein Kind anschaun, bedeutete, immer dem Schein nahe zu sein, der von ihm ausgeht und der der Ursprung der Märchen ist. Auch fehlte den Kindergesichtern das Erschrecken vor dem Verfall und der Häßlichkeit.

Mit den Wendungen ging man sparsam um. Das Geizen hatte wohl zwei Gründe: Man wollte sie nicht durch zu häufigen Gebrauch entweihen, vor allem aber konnte man es sich nicht leisten, zu oft auf die andere Wirklichkeit zu schielen, denn man wollte erfolgreich sein. Wirkliche Existenzberechtigung, das lernten schon die Kleinsten, hatten nämlich nur die, die sich mühten. Und deren Mühe als Erfolg für die anderen greifbar war.

Auch Orte hortete man im Familiengedächtnis. Die Tenne. Sie ließ die Angst vor dem Sterben durch die verdickte Haut. Hier hatte der Großvater, dem bösartige Geschwüre die Speiseröhre verschlossen, Futter gemischt, obwohl längst Automaten installiert waren, die das durch Greifer gemischte Futter in die Betonbunker verteilten. Der Großvater hatte eine Stechschaufel, mit der er, langsam um einen Haufen gehend, in seltsam abgehackten Bewegungen die verschiedenen Anteile mischte, ein unendlich trauriger Tanz, die Haut papieren über die Backenknochen gespannt. Anfänglich unterbrach er sein Tun, um aus einem Krug Milch, die mit Ei und Germ verquirlt war, schluckweise in sich zu pressen, doch gab er es bald auf. Er starb einsam, weil das Handeln der anderen weiterlief ohne wirkliches Innehalten.

Der Friedhof. Von gelben Mauern umgeben, spiegelte er Wohlstand und Bravheit, des Dorfes höchste Ideale. Ersterer zeigte sich in monumentalen Steinen und Einfriedungen aus hochglanzpoliertem Pomp, Schmiedeeisen war nicht besonders beliebt, letztere in der aufwendigen Pflege, die die Bepflanzung erheischte. Die Bravsten waren die Moospflanzer, denn das Moos mußte dauernd von Unkraut befreit und vor allem im Sommer täglich gegossen werden. Allerdings konnten die Braven ihre Bravheit auf diesem Weg nur zeigen, wenn sie ein Grab an der schattigen Kirchennordseite hatten. So sahen sich die Braven im Süden dazu gezwungen, ihrer Bravheit anders Ausdruck zu verleihen.

Seine Familie war dafür bekannt, daß sie als Südgrabbesitzer anfänglich einen schier unversiegbaren Erfindungsreichtum in aufwendiger Grabgestaltung an den Tag legte. Vor vier Generationen noch nicht zu den Wohlhabenden gehörend, hatte die Familie schon damals den durch die Grabpflege sich in das Gedächtnis des Dorfes unauslöschlich eingeschriebenen Ruf von Bravheit. Im Hausgarten war ein Beet ausschließlich der Züchtung friedhoftauglicher Blumen vorbehalten, die seltenen Fahrten in die Stadt wurden immer auch dazu genützt, jene Anzahl von Kerzen zu kaufen, die, zündete man an Werktagen eine, an Sonn- und Feiertagen zwei an, bis zum nächsten Gang in die Stadt reichten. Die Dorfgreißlerin, dafür bekannt, daß sie jeden um einige Groschen zu prellen versuchte, führte zwar auch Kerzen, jene aus der Stadt hatten aber eine andere Form, und ein wenig teurer – ehre die Toten! – waren sie auch. Das von vielen Südgrabbesitzern übernommene Neue allerdings waren die Formen, die man dem Grab mittels Erdaufschüttung gab. Die beliebteste und zum Mißlieben der Ururgroßmutter am fleißigsten imitierte war die Hufeisenform: Ein Erdwall umgab das Grab dreiseitig, die Stirnseite und die Mittelfläche blieben plan und wurden mit weißem Kies beschüttet. Der Wall selbst wurde durch Bepflanzung verziert, deren Kühnheit proportional zur Nachahmungsgier der übrigen Südgrabbesitzer zunahm. Zwei Generationen später – man war inzwischen wohlhabend geworden – leitete die Familie eine neue Entwicklung ein, indem sie Bravheit mit Pomp verband: Der

Grabstein war kein einfacher Stein mehr, sondern aus hochglanzpoliertem Marmor, ebenso die Einfassung, die um das Grab lief und es dergestalt dreiteilte, daß in der Mitte ein schmälerer Streifen in das Rechteck diagonal eingelassen war, die Flächen rechts und links des kiesbestreuten Streifens größer und mannigfaltig bepflanzt waren, wobei man erfinderisch größere Stauden so plazierte, daß selbst Moos in deren Schatten gedieh. Auf dem Mittelstreifen standen eine prächtig bauchige Vase mit frischen Gartenblumen im Sommer und immergrünen Zweigen im Herbst – auf Plastikblumen hatte man, obwohl durchaus ortsüblich, verzichtet – und eine flache Kupfertasse – das Tatzerl. Das Tatzerl war eine wichtige Einrichtung vor der Anschaffung der Laterne, denn das warme Wachs hätte auf den Kies tropfen und die einzelnen Steinchen zu Klumpen verkleben können, was unansehnlich gewesen wäre. Allerdings mußte das Tatzerl regelmäßig mit Messer und kochendem Wasser bearbeitet werden, um es von Wachsresten zu befreien. Nach der Anschaffung der Laterne versank das Tatzerl fast das ganze Jahr über in Bedeutungslosigkeit, nur an Festtagen, wenn sich viele Verwandte mit Kerzen einfanden, konnte man seine einstige Wichtigkeit ermessen. Winters wurde die Vase weggeräumt und ein Bäumchen mit Kerzen und Lametta aufgestellt.

Eine Einschränkung muß hier allerdings gemacht werden: Die Pomp-Bravheit-Synthese war zwar neu, doch setzte sie keine eigentliche Entwicklung wie das Hufeisengrab in Gang – zu weit liefen die Tendenzen, entweder Pomp oder Bravheit, auseinander. Das bedeutete: Der These Bravheit konnte man ohne weiteres die Antithese Pomp gegenüberstellen, sie aber in der Synthese braver Pomp beziehungsweise pompöse Bravheit aufheben zu wollen, brachte Probleme – zu ausgedünnt war die Bewegung.

Der Wald. Winters arbeiteten dort die Väter mit den älteren Söhnen. Anstelle der Rösser – man bevorzugte den Ausdruck Rösser, man insistierte regelrecht darauf – hatte man Traktoren. Zuerst nur einen schweren, Arbeits- und Prestigeobjekt zugleich, später zum Glück zwei: einen leichteren, wendigen für den größten Teil der Arbeit und einen schweren für Repräsentationspflichten und einige wenige Aufgaben. Alle Generationen – jene mit Rössern, jene mit einem und jene mit zwei Traktoren – arbeiteten gern im Wald.

Kahlschläge hatte es schon seit langem nicht gegeben, man verstand sich als Pfleger des Waldes, man liebte diese Vorstellung, denn daheim standen die Schweine auf einem Lattenrost und bissen sich wund, und die Hühner standen auf schmalen Gitterstäben in Legebatterien, sechzehn Stunden Beleuchtung, egal, wie es draußen war. Der, der die Schweinezucht aufgab, um die Produktion von Eiern mittels batteriegeeichter Legehennen zu betreiben, sah aus wie Franz von Assisi, beziehungsweise man fand, daß er so aussah.

Mein Gott, wie der heilige Franz von Assisi, war ein Satz, der sich leitmotivartig durch die Familiengespräche zog. So kam es, daß in dieser Generation der Satz, der eigentlich kein richtiger, sondern nur ein unvollständiger war, gleich oft zu hören war wie die Insel-, Totengräber-, Blockhaus-, Kindergesichtssätze. Schlechtes Gewissen hatte man keines, man spürte nur ein Unbehagen, das man dem schneidenden Geruch zuschrieb und dem fabrikähnlichen Lärm der Förderbänder und dem widerlichen Gegacker. Anfangs war das Unbehagen noch größer, denn man mußte die Eier händisch aus den schräggestellten Fangkörben, in die sie rollten, auf Lagen schlichten: Eierklauben. Eierklauben gehörte zu den unangenehmen Tätigkeiten, die Männer, Frauen und Kinder gleichermaßen verrichten mußten; deshalb war die ehestmögliche Umstellung auf ein neues Fördersystem, das die Eier automatisch in einen hygienischen Raum, preisgünstig verfliest, transportierte, eine logische Maßnahme. Jetzt mußte man sich nur noch vergewissern, daß die Bänder auch tatsächlich funktionierten und die toten Hühner entsorgt wurden.

Kinder – das zeigt schon der Kindergesichts-Topos – hatten einen selbstverständlichen Wert, solange sie klein waren. Das Wohlwollen blieb jedoch nur kurz ein wirkliches Wohlwollen, das heißt bedingungslos, bald wurde für jedes heranwachsende Kind im Wohlwollen die Forderung spürbar, bis die Kinder in der Forderung das Wohlwollen zu suchen begannen; dann waren sie erwachsen. Die leisen Forderungen konnten ganz banal sein: beim Ministrieren nicht mit offenem Mund dastehen, sich in der Nacht ein Netz über das wirbeldurchsetzte Haar spannen lassen, das tagsüber mit einem Spangerl gezähmt wurde, Beerenklauben schön finden, den schmerzhaften Rosenkranz gern beten ...

Daß die Kinder, obwohl selten getadelt und nie gezüchtigt, diese Spitzen im Wohlwollen sehr wohl wahrnahmen, lag am Lobsystem der Familie. Nicht etwa ein Gießkannenprinzip, von dem jeder einfach etwas abbekam, nein, das Lob wurde gezielt verteilt. Die, die Lob verdienten, bekamen Lob. Man sparte keineswegs damit und lobte die Fleißigen ihres Fleißes, die Gescheiten ihrer Gescheitheit und die Braven ihrer Bravheit wegen. War man jedoch nicht fleißig, brav oder gescheit, repräsentierte man nicht einfach das Gegenteil, gehörte zu den Schlimmen, Dummen und Faulen. Nein, man war niemand, wurde nicht genannt, existierte nicht.

So einer Familie entstammte er. Auch wenn in seiner Generation nur noch zwei Familien auf Bauernhöfen lebten und die meisten als Städter reüssierten, blieb doch der Werte- und Tugendkodex bis in die feinsten Verästelungen des

Stammbaumes verbindlich. Man wollte nicht einfach tugendhaft und traditionsbewußt sein wie viele Österreicher, man wollte tugendhafter und traditionsbewußter sein; nein, man wollte traditionsbewußt sein wie viele Österreicher und an Tugendhaftigkeit alle Österreicher überstrahlen. Das ging so weit, daß viele Sippenglieder meinten, jeder persönliche Anspruch sei sündhaft, sie also überall – im Kindergarten, in der Schule, im Beruf, bei all ihren sozialen Aktivitäten, ja sogar beim Sterben – die Besten waren, weil sie dem Gemeinwohl dienen wollten.

2.

Er war nach drei Töchtern der erste Sohn, und die Gewichtszunahme seiner Mutter während der Schwangerschaft war erheblich größer gewesen als bei den Schwestern.

Die Entwicklung, die durch Schwangerschaft, Geburt und prächtiges Gedeihen familienkonform zu verlaufen schien, wurde durch zwei Dinge, die eigentlich keine Dinge, sondern Eigenschaften waren, empfindlich gestört.

Zum einen lebte die Familie in der Nachbarschaft einer älteren Dame, die auf ihrer Suche nach einem Herrenmenschen, dem sie dienen könnte, in dem Knaben ein langersehntes Ziel sah. Ihre demütige Anhänglichkeit stellte sie täglich durch den Kauf einer Riesenbanane unter Beweis, was anfänglich nichts Besonderes darstellte, denn ihrem Herrn wurde die Gabe in zermanschtem Zustand löffelweise in den Mund geschoben. Erst später, ab dem dritten Lebensjahr, konnte sie dem Knaben die Bananen persönlich überreichen, und zu ihrem Glück lehnte er sie, wenn sie ihm zu klein schienen oder nicht die genehme Krümmung aufwiesen, ab, worauf sie sich pflichtschuldigst erneut auf Bananensuche begab.

Zum anderen schien des Vaters Hang zum Genießen stärker auf ihn zu wirken als auf die Schwestern. Der Mann hatte eingeheiratet und sich dem Tugendkodex der mütterlichen Sippe fast mühelos verpflichtet, mit einer Ausnahme: dem Genießen. Es war zum Glück kein blinder Drang nach Genuß, das hielten ihm alle zugute, aber es war da dieser heimliche Hang, der der Bedürfnislosigkeit den natürlichen Glanz nahm.

Der Mann trank während der Arbeitszeit Kaffee, auch aß er gern; man konnte nicht direkt von Freßsucht sprechen, aber er billigte dem Essen eine Feierlichkeit zu, deren man sich nur in der Kirche und im Dienst an den Armen befleißigte. Er behielt die Speisen länger als notwendig im Mund und neigte als einziges Sippenglied zur Fülle. Natürlich hatte er deswegen ein schlechtes Gewissen – manchmal schmatzte er sogar, wenn er die Speisen von einer Mundhöhle zur anderen verschob, um den Geschmack voll auszukosten. Mit dem unangenehmen Geräusch setzt er fast unhörbar ein anderes in die Welt, ein Geräusch, das die Bravheitsgerade ein wenig krümmte und der Fleißspirale etwas vom Schwung nahm. Die Sucht nach Genuß hatte mit der verschrobenen Hingabe der Alten eines gemein: Beides waren Bewegungen gegen das Wertesystem, so leise Bewegungen allerdings, daß sie für die meisten nicht wahrnehmbar waren.

3.

Das Kind stand im Wohlwollen und spürte die Forderung nicht. Zumindest tat es so. Obwohl man nichts Außergewöhnliches verlangte – es sollte nur freundlich sein –, war es unmöglich, ihm dieses Eine, Elementare beizubringen. Zumal das seit Generationen bewährte Lobsystem nicht griff, übte das Kind doch eine Anziehung aus, wenn es aufrecht stand außerhalb der Norm. Versuchte ihm jemand über sein Haar zu streichen, schrie es und flüchtete sich ob dieser Zudringlichkeit zu seiner Mutter, die es als einzige hochheben und liebkosen durfte.

Alles vernichten, nein, nicht zerstören, er wollte nicht gewalttätig sein, er war nur besessen von dem Wunsch, das, was ihm zu nahe kommen wollte, zur Selbstauslöschung, zur Auslöschung seiner selbst zu bewegen. Bald stand er bei Kindern, die älter waren als er, hoch im Kurs, der Konsequenz wegen, mit der er die anderen auf Distanz hielt, und wegen der Mutproben, die er alle bestand. Es machte ihm nichts aus, einen Regenwurm auseinanderzubeißen oder auf das Dach hinauszusteigen. Die letzten Zweifler hatte er auf seine Seite, das heißt in ehrerbietige Distanz gezogen, als er eine Heuschrecke lebend verzehrte. Unbändig im Spiel mit Kameraden, die allesamt älter waren als er, versank er, sobald er zu Hause oder in der Schule war, in Träumereien, aus denen er nur schwer gelöst werden konnte, diese Frechheit auch mit schlechter Laune ahndend. Seine Mutter liebte er, andächtig beobachtete er sie, wenn sie, abends in seinem Zimmer bügelnd, sich immer wieder einzelne Haarsträhnen aus dem Gesicht blies. Er schaute auf ihre Hände, wie sie die Kanten der Leintücher strafften, bevor das Bügeleisen darüberfuhr. Es folgte die linke Hand, die das Tuch noch einmal in kleiner Bewegung spannte, dann wurde es auf das Brett gestellt und das Tuch nachgezogen, immer wieder, bis die Mutter beim Zusammenfalten den rechten Unterarm auf das Tuch legte, um es mit der Linken über dem Armsteg zusammenzuschlagen. Gott, war das schön. Die Wäsche roch nach Wind und Sonne, die Luft war vom Einspritzen feucht. Jede Bewegung zog Stille nach. Da war sie wieder, die Grenze, vom Schmerz gesetzt, die ihm schon früh so etwas wie Sinn oder Ziel zeigte: Schönheit aushalten, das Eintauchen in Sinn aushalten; das Gras, das in der Sonne glänzte, die Buchen, die ihre Blätter ausrollten, ganz nah kommen lassen, bevor man sich abwenden muß, weil jede Faser sinnwund ist.

Aber meistens regieren die Bilder: Immer muß er mit dem Blick nachfahren, bis die Bilder ihn weggezerrt und festgehakt haben. Manchmal glaubt er, die Richtung ein wenig mitbestimmen zu können, doch meist fühlt er bloß Willkür. Vor allem, wenn er verbrennt, wenn er dasitzt und sich brennen sieht: Er befindet sich in einem Hochhaus und öffnet die Tür, weil er ein Klingeln hört. Das Feuer stürzt zur Tür herein – eine große Welle, kein Schmerz, nur ein trauriger Riß ob der ausweglosen Gewalt. Manchmal – er weiß nicht, warum – verbrennt er nicht, weil eine Hülle, eine Art Kokon, ihn schützend umgibt und ihn schwebend aus dem Schrecken entfernt. Dann wieder brennt das ganze Land oder die Erde, und er ist es, der bestimmen muß, wer in die schützende Hülle darf. Dann stehen meist ein Haus und ein Garten samt seiner Familie in dem Kokon, und er ist ein Schuldiger und unendlich traurig.

Oder er steht inmitten erloschener Vulkane auf einem Basaltkoloß in seltsam zu Dauer gerinnender Labilität: die sich in Ewigkeit ausbreitenden Vorgewittersekunden mit Sturmwirbeln und einem alles in Dunkeltöne tauchenden Licht und einer Unruhe, die vielarmig alles erfaßt und aufs äußerste spannt.

Aber eigentlich will er bildlos sein, den Blick auf das gerichtet, was ihn umgibt. Das Wirkliche. Er aber steckt bis an den Hals in Bildern.

Was ihm besser gelingt, ist das Ertragen von Schönheit. Darin macht er Fortschritte. Jeden Tag beobachtet er die Kräne, sanfte Riesen in leichter

Bewegung, ohne Drohung die Gebärden horizontwärts gerichtet oder aufeinander zu, schlanke Grazien, Riesinnen; sie streicheln den Raum. Dann läuft er in den Wald und legt seine Hände an den Stamm der alten Föhre. Dort kann er sie schon eine Zeitlang lassen, zuerst sich das rauhe Geflecht, das sich rautenförmig nach oben spannt, in Hände und Augen prägend, dann fast zärtlich Raum lassend zwischen sich und dem Baum, daß das Fließen ihn teilhaben läßt. Immer ein bißchen länger. Oder er kann die Sonnenflecken auf dem Waldboden anschaun, bis er das feine Sprechen hört, dann läuft er weg, entsetzt vor soviel Kraft, und kann es keinem erzählen.

Heimlich lernt er von den Älteren mit dem Luftdruckgewehr umzugehen, er steht hoch im Kurs nach den vielen zerbissenen Käfern und Heuschrecken, nach all dem Monströsen, das er ihnen so selbstverständlich zeigt. Ihre Achtung ist ihm sicher, geliebt wird er nicht, er mag ihre Nähe auch nicht, er haßt es, so dicht aneinandergedrängt zu kauern, daß man den Arm oder die Schultern des nächsten berührt; er war auch ganz starr, als sich die Mutter früher am Abend zu ihm ins Bett gelegt hat, um das Abendgebet zu sprechen oder eine Geschichte vorzulesen. Manchmal schlief sie ein, und er lag da, ohne sich zu rühren, und das Herzklopfen stach Löcher in die Matratze, weil sie ja seinen Ekel nicht merken durfte.

An den anderen nahm er nicht Anteil. Indem er sie musterte, musterte er sie aus. Jeden Tag in der Straßenbahn und sonntags in der Kirche wurde ihm klar, daß die Menschen unvollkommen waren, was heißt unvollkommen – häßlich waren sie, krumme Nasen, Sattelnasen, schüttere Haare, großporige Haut, Großporigkeit war ihm überhaupt ein Greuel, armselige Augen, zu klein, die falsche Farbe, schlupflidrig, stumpfe Wimpern, zu grell geschminkt, Wurmlippen, und zogen sich die Würmer auseinander, weil ein Schwall herausbrach, fielen sie vollends der Häßlichkeit anheim.

Schiach war ein Wort, das wie keines auf die Menschen paßte; schiach, er wiederholte es oft: schiach. Er war fast stolz, Mitglied einer Sprachgemeinschaft zu sein, die ein derart treffliches Wort bereitstellte zur Beschreibung von Menschen. Denn war ein Detail halbwegs schön oder auch mehrere, so konnte man sicher sein, bei genauerer Musterung umso Schiacheres zu entdekken, und war alles schön, so ergoß sich etwas aus ihnen, das mit Sicherheit so dumm, laut, schrill, falsch und erbärmlich war, daß selbst das geliebte Schiach nicht ausreichte und man in einen Beschreibungsnotstand geriet. Und erst ihre Bewegungen, wie sie sich bewegten, wenn sie sich in der Kirche nach dem Knien aufrichteten und der erste Blick den Knien galt und ein schneller Streifer die Bügelfalte in Ordnung brachte. Oder die Frauen – waren sie alt, gingen sie breitbeinig, dem verlorenen Gleichgewicht nachtrauernd, waren sie jung, hatten sämtliche Bewegungen etwas Kleinliches.

Eigentlich gab es an Menschen nur drei Details, die er uneingeschränkt schön fand, die er, aus dem Zusammenhang gelöst, sich immer und immer wieder abrufen konnte.

Die Haut der Großmutter, gefurcht und gegerbt wie Rinde – nicht wie die Rinde eines Baumes, sondern in mannigfaltiger Musterung, ein ganzer Mischwald: die Stirn wie Buche, die dicken Stämme, die Querfalten bekommen, der Hals grobfurchig wie Eichenrinde, die Wangen föhrig, die Haut auf den Handrücken war überhaupt exotisch, Mammutbäumen ähnlich.

Dann die Handbewegung des Vaters, wenn sie auf Wanderungen das Kleine sichtbar machte, das sich eingrub in ihn. Die Form der Flechten, die ausgewaschenen Wurzeln, die Gräser, von der Sonne heiliggesprochen – im Vergleich dazu hatten die Heiligenscheine auf den Kirchenbildern etwas Bananenartiges –, die Wasserläufer und die Insektenschwärme und die Samenstände der Anemonen und das Wollgras, das sich weißhäuptig im Sumpf wiegte. Die Handbewegung des Vaters war wichtig, das heißt, es war wichtig, diese Bewegung zu bergen aus der väterlichen Gereiztheit.

Und die Haare der Mutter. Sie hatte langes, rötlich schimmerndes Haar, das sie sich in der Früh kunstvoll frisierte. Später erschien ihm ihre

Frisur ein wenig barock. Aber als Kind genoß er die morgendliche Andacht, das tägliche Ritual. Ausbürsten, ängstlich prüfender Blick, ob nicht zu viele Haare in der Bürste hingen, dann mit dem Kamm toupiert – er hatte sich dafür das Wort aufbluffen ausgedacht. Eine frühe Erinnerung: Er schmiegt sich an sie, und die Haare fließen über beide Gesichter, die Haare bilden ein Dach, unter dem Platz ist für sie und ihn. Dann setzt er sich wieder auf den Badezimmerboden, graue Mosaiksteinchen und schaut ihr beim Aufstecken zu, wie sie dicke Strähnen hochrollt und mit Nadeln befestigt.

Einmal sah er Bilder eines nicht besonders bekannten Malers – es waren Köpfe mit Kronen aus Hirnwindungen und Nasen, in denen man das Rückgrat sah, Wirbel um Wirbel den Nasenrükken entlang, und alles war da in dem Kopf, der aus dem Dunkel schrie: die Straßenbahn und die Kirche, die Haut der Großmutter, die Bewegung des Vaters, die Haare der Mutter, eine irre Anstrengung des Bergens und die eigene Unzulänglichkeit.

An der schluckte schwer. Litt an der Gewalt, die, obschon gegen andere gerichtet, immer ihn traf. Und mußte immer hinschaun auf sich als Getroffenen und verzweifelte, wenn er dann in kurzen Momenten die anderen sah, wie sie litten an ihm. Er wollte den Blick wegheben von sich, er strengte sich an, doch es gelang so selten. Die Bilder, die ihn überfielen, waren allesamt Ich-Bilder. Einmal hinschaun und nur den anderen sehen, ohne den prüfenden Blick, der gewalttätig war. Ja, sein Blick zerstörte, nicht nur die Hände und Kauwerkzeuge, er war ein Zerstörer, seine Anwesenheit genügte.

Dabei wollte er so gern wie der Mesner sein, der dakniet und seine Gebete in den Raum schreibt, so daß er sie, neben ihm kniend, entziffern kann und bestürzt ist von dieser Kraft. Und seine Gesten segnen, wenn er etwas zeigt oder die Hand leicht auf die Schulter legt, wenn er die Kerzen anzündet oder dem Pfarrer behilflich ist. Er ist ohne Gewalt. Selbst die Bewegungen setzt er karg, nur dort, wo eine Notwendigkeit ist, fast feierlich, aber ohne Pathos, mit Logik. Es war logisch, wie er sich im Einklang mit dem Raum bewegte. Eine räumliche Logik. Nicht hinzeigend auf sich, nicht wegzeigend, am ehesten dem Raumstreicheln der Kranriesen vergleichbar.

Er bewegt sich zu schnell, es ist der ständige Biß in dem Wurm und die hastige Schluckbewegung. Manchmal versucht er, die segnende Geste des Priesters nachzustellen, ganz langsam führt er die Hände in Herzhöhe zusammen, öffnet sie, verharrt in der runden, raumgreifenden Stellung, der Friede sei mit euch, schließt sie und läßt sie sinken. Er kann diese Bewegung nicht füllen mit Segen, es klebt daran die Gewalt, er haftet am Wollen.

Lamm Gottes, du nimmst hinweg die Sünden der Welt, erbarme dich unser! Lamm Gottes, du nimmst hinweg die Sünden der Welt, erbarme dich unser! Lamm Gottes, du nimmst hinweg die Sünden der Welt, gib uns deinen Frieden!

Bestand ein Zusammenhang zwischen Schuldlosigkeit und Frieden? War er schuld an der Sturzflut der Bilder?

Immer sieht er das Kind. Und das verbrannte Gesicht. Das verbrannte Gesicht ist sein Gesicht. Ein Batzen Fleisch. So wird er aussehen, wenn er das Kind rettet. Seine Hände sind gefesselt und seine Beine, er kann nur mit dem Gesicht in das Feuer fahren, da in die Flammen hinein, und sich in das Kind verbeißen und es herausziehen wie eine Katze ihr Junges. Oder die Menschenreihe, die auf glühenden Steinen zielstrebig, er weiß nicht wohin, geht. Ihn müssen sie tragen – die fleischigen Sohlen staken ins Dunkle – weil er, nur er, die Hitze nicht ertragen kann.

Oder er steht unter vielen in einer Art Auslage, und alle winken, den Arm hebend und die aufgestellte Hand in eine aufgeregte Pendelbewegung fallen lassend, nach draußen, um die unbeschadeten Handflächen zu zeigen, nur seine tragen den Makel, diese kreisrunde Wunde.

Manchmal, wenn er tagelang nicht heraus kann aus dem Akkord, spürt er seinen Magen, ein leichter Schmerz, dort an der Wand, wo der Darm beginnt.

Oder sein sicherer Blick für das Häßliche. Lamm Gottes – er hatte bei seiner Großmutter die Schafe beobachtet, sie waren ihm unsympathisch. Die harten Schädel und die stumpfen Augen und die Willenlosigkeit. Zittern wia a Lampelschwaf – zuerst hatte er die Schafe für besonders furchtsam gehalten, aber dann bald gesehen, daß die Schwänze hin und her zuckten, wenn die Jungen Milch bei der Mutter tranken. Vielleicht konnten sie überhaupt keine Angst empfinden. Wollten die in den langen Gewändern Schafe führen? Sie haben ein Wort zu wenig. Es fehlt ihnen das entscheidende Wort: schaf. Nicht gut, sondern schaf. Vertraue mir, ich denke für dich, folge mir, sei schaf, mein Sohn, sei schaf, meine Tochter, all die, die ihr gerettet werden wollt, seid schaf. Dabei war es anders: Das einzige für den Vergleich geeignete Tier war die Ziege. Die Ziegen verstand er, sie waren gescheit, sie vertrauten ihrer Erfahrung, schrien, wenn eine abgestochen werden sollte, man mußte sie überzeugen, sie machten nicht gleich das, was man wollte, aber dann lernten sie die Kunststücke in kurzer Zeit, und sie konnten sich freuen. Sie freuten sich über die jungen Blätter oder darüber, daß ihnen eine Übung gelang, ja, sie konnten sogar lachen. Und sie stanken. Herrlich, die Böcke stanken, daß sie absolut in Ruhe gelassen wurden. Allerdings sah er auch die Schwierigkeit – Ziege Gottes, nein, Kitz Gottes, du nimmst hinweg die Sünde der Welt, kam einfach schwerer über die Lippen, Kitz Gottes, gib uns deinen Frieden. Ich bin der Hirte, seid meine Ziegen.

Solche Gedanken kamen ihm, wenn er als Ministrant neben dem Pfarrer saß. Kein Auge hat es geschaut, kein Ohr gehört, was Gott denen bereitet, die ihn lieben. Darum sammle dir Schätze im Himmel. Er war erst dreizehn, aber schon argwöhnisch: Was die von Gott erzählten, konnte nicht stimmen. Die Ziegen erzählten mehr von Gott und erst die Bäume und Sonnenflecken und die Bewegungen des Mesners, sogar die Grazie der Kräne; alle sagten sie mehr als dieses Geschwätz vom Sammeln und Horten und Heulen und Zähneknirschen: Sammelst du nicht, heulst du, hortest du nicht, knirscht du mit den Zähnen. Ja, für wie blöd hielten die in den langen Gewändern ihn überhaupt? Und er schaute schnell in die Gesichter der Gläubigen, ob er ein leises Zucken oder ein kleines Grinsen oder ein bißchen Zorn oder wenigstens einen schmerzlichen Zug feststellen konnte.

Die Großmutter hatte diesen schmerzlichen Zug, wenn sie lächelte. In der Kirche saß sie so weit hinten, daß er ihr Gesicht nicht deutlich sehen konnte, aber daheim, wenn sie ihm übers Haar strich und wenn sie einheizte, hatte sie dieses Schmerzlächeln. Oder wenn sie Beeren klaubte oder eine Geschichte erzählte – eigentlich hatte sie immer einen schmerzlichen Zug um den Mund.

Ihre Lieblingsgeschichte war die von Siegfried. Die Großmutter konnte nämlich den ersten Teil in Versen bis zu der Stelle mit dem Bad im Drachenblut und dem Blatt, und dann lächelte sie und entschuldigte sich für ihr schlechtes Gedächtnis und setzte ab der Blattstelle in Prosa fort: Jetzt war er unverwundbar bis auf die eine Stelle, wo das Lindenblatt sich auf seinen Rücken gedrückt hatte. Da sah er das Lächeln, und der Schmerz lag ganz blank. Ja, die Großmutter litt auch. Deshalb liebte er sie. Obwohl sie die meisten verachtete. Auch ihn. Nicht immer, aber wenn er nicht fleißig genug war.

Sie standen immer sehr früh auf, wenn sie in den Wald zum Schwarzbeerenklauben gingen. Als Gefäße nahmen sie Plastikkübel und Gschirrln – kleine Gefäße, die man sich mit einem Strick um den Bauch band, damit man beidhändig klauben konnte. Die Gschirrln waren ja nicht furchteinflößend, aber wenn er die Plastikkübel betrachtete, wurde ihm regelrecht schlecht. Und jedesmal war es das gleiche: Der Sohn, der auf einem nahegelegenen Hof wohnte, kam mit seinem grauen Auto, das nach Staub und Fischmehl roch, und fragte, ob er sie nicht fahren sollte. Jedesmal lehnte sie ab. Nicht bis zum Schwarzbeerenplatz, nur bis zum Schranken, nein, auch das ist nicht notwendig. Du hast eh soviel zu tun.

Du hast eh soviel zu tun, diesen Satz konnte er an sich vorbeiziehen lassen, auch nachdem die

Großmutter schon lange gestorben war; er offenbarte die Wunde, die sie offenhielt, um sich zu quälen. Der Sohn zuckte mit den Achseln, dabei hätte er sagen sollen, du bist mir wichtig, egal, wie viel ich zu tun hab, oder, du weißt, wieviel du uns hilfst, ich will euch einfach führen, oder er hätte lachen sollen und die Kübel in den Kofferraum stellen und sagen, einsteigen – sonst seid ihr eure Kübel los.

Aber nichts von alledem – der Satz und das Achselzucken und die blauen Lippen der Großmutter, wenn sie nach einer Stunde beim Schranken die erste Rast hielten. Die Großmutter müßte nur ja sagen, nur so ein kleines Wort oder ja, bitte oder nur bitte, oder der Onkel müßte seinen Satz sagen, am besten, wenn er dabei lachte, es müßte so ein Lachen sein, daß die Großmutter in es hinein ihr Ja sagen könnte. Alles könnte so selbstverständlich sein.

Vom Schranken zum Schwarzbeerenplatz war es nicht weit, nur über den Schlag, wo die dürren Äste, die von Farnkraut und Ranken überwuchert waren, bei jedem Schritt knackten. Dann banden sie sich die Gschirrln, die sie samt Schnüren in den Kübeln getragen hatten, um und begannen zu klauben. Die Großmutter mochte die hohen Schwarzbeerstauden, während er die niederen bevorzugte, die oft an grasigen, lichteren Waldstellen wuchsen, denn die trugen wenige, aber große Beeren. Meist kam er den Beeren entgegen, wenn sie ihn baten, die größte und die kleinste am Strauch zu lassen, was natürlich mühevoll war und höchste Konzentration erforderte, denn einerseits wollte er den Wunsch der Stauden erfüllen, die ihn offensichtlich zu ihrem Vertrauten erkoren hatten – die Großmutter schienen sie nie um diesen Gefallen zu bitten –, andererseits sollte die Großmutter durch übertriebene Langsamkeit nicht argwöhnisch werden.

Obwohl er sich wirklich bemühte, sah er schon das dünne Lächeln der Großmutter, wenn sie sich im Dorf nach der Kirche ihrem Lieblingsthema widmete: Wer nach wem geriet. Na, und er kam ganz nach dem Vater, das war doch klar, denn er war untüchtig und langsam und neigte zur Unfreundlichkeit. Auch war er nicht besonders beliebt: Da konnte er auf gar keinen Fall ihrer Familie nachgeraten. Natürlich sprach sie das nie aus, aber das Urteil zuckte eindeutig um ihren Mund, und seine Mama war fleißig, die weiß, was arbeiten heißt. Ganz der Papa und: die weiß, was arbeiten heißt, marschierten beim Rosenkranzbeten immer mit, spätestens nachdem er das dritte Mal Heilige Maria, Mutter Gottes, bitt für uns Sünder, jetzt und in der Stunde unseres Todes, amen, gesagt hatte, reihten sie sich ein. Aber es tat nicht sonderlich weh, er brauchte ihre Anerkennung nicht, außerdem ging ihm ihre Bravheit auf die Nerven. Pferchte die Tage voll mit unnützem Zeug – Hofkehren, Grab in Ordnung bringen, Blumenschmuck betreuen, putzen, putzen, putzen: Küche putzen, Bad putzen, Klo putzen, Speis putzen, Fenster putzen, Besteck putzen, Schuhe putzen, Lampen putzen, Spiegel putzen, Herd putzen, Boden putzen, Abwasch putzen. Das Absurde an der Sache war, daß die Großmutter kein Ausnahmefall war, sondern daß das ganze Dorf so brav sein wollte wie sie. Nur: sie war eben die Bravste.

Aber das war nur eine Seite, die andere war die Großmutter, die bei der Jause im Wald erzählte. Sie saß auf ihrer Jacke, die Beine ausgestreckt, zwischen den Knien die Thermosflasche, den Oberkörper leicht nach hinten geneigt, sich mit der Rechten abstützend, in der Linken eine Zigarette, deren Rauch sie immer in seine Richtung blies, um die Gelsen zu verscheuchen.

Die Mutter hat neun Kinder gehabt, und vom Leben hat sie nichts gehabt, nur Arbeit, aber am Sonntag ist sie am Gatter gestanden und hat dem Vater und den Kindern, die sie für die Messe herausgeputzt hat, nachgeschaut. Und wenn sie den Blick nicht hätt haben können auf ihre Kinder und sich dann nicht hätt ein paar Minuten auf die Bank setzen und sinnieren können, wär alles umsonst gewesen. Und der Pfarrer damals hat ihr gesagt, das paßt, wenn sie die Kinder und den Mann schickt und daheim bleibt. Und dann im Krieg, im Ersten Weltkrieg, die Wälder waren voll von Deserteuren, hat sie jede Nacht einen Topf mit gekochten Erdäpfeln in den Wald getragen, in der

Früh war er leer, obwohl sie selbst fast nichts gehabt haben zum Essen, da hat sie immer gesagt: Wer weiß, vielleicht geht's dem Julian und dem Anton auch schlecht. Die zwei ältesten Söhne hatten sie nämlich eingezogen, und sie hatte schon lang nichts mehr von ihnen gehört. Und tatsächlich, der Älteste war gefallen, aber der Zweitälteste, der Anton, den hatten sie gefangengenommen und in ein Lager gesteckt, wo er auf dem blanken Eis hat schlafen müssen, und der wär verhungert, wenn Leute nicht gekochte Erdäpfel über die Lagermauern geworfen hätten.

Ewig hätte er zuhören und sich anblasen lassen können, wie wenn der Priester mit dem Weihrauchgefäß um den Altar geht. Da war sie wieder, die Weite, die Geschichtenerzählerin, die er liebte, und wenn sie wieder zu klauben begannen, zogen sie vorüber, die guten Bilder, ganz langsam, genau in dem Tempo, in dem die Großmutter erzählte, da war alles voll Segen, und er konnte den Vater ganz nah kommen lassen, wie er sich hinkniet und das Kleine, das behaarte Blatt, die besondere Flechte, die Wurzel zeigt. Der Vater legt sich auf den Bauch, um einen geeigneten Blickwinkel zum Fotografieren zu bekommen, und er steht daneben und hält den Hut des Vaters so, daß Schatten fällt auf die Hauswurz, die keine gewöhnliche Hauswurz war, sondern eine gelbe und behaart, als ob sie ein Spinnennetz übergeworfen hätte. Oder sie steigen den steilen Berghang hinauf zu jener Mulde, in der das Gras höher und feiner war und durchsetzt mit Blumen, die eine geheimnisvolle Farbe hatten, etwas Verheißungsvolles. Sie sind niedriger als das Gras, aber ganz deutlich zu sehen, ohne sich vorzudrängen. Sie wiegen sich im gleichen Rhythmus wie die übrigen Gräser, die Form der Blüten ist völlig unscheinbar, einem gestauchten Fuchsschwanz ähnlich, aber die Farbe, er hatte zuvor nicht gewußt, daß auch eine Farbe zeigen konnte, daß es da etwas gab, durch Sprache nicht ausdrückbar.

Anfänglich hatte er geglaubt, die Priester müßten darüber Bescheid wissen, aber er hatte keinen kennengelernt, der versucht hätte, darüber zu sprechen. Nur daß der Vater ihm gerade diese Blumen mit dieser Bewegung als etwas Besonderes zeigte, ließ ihn ahnen, daß auch er um das Geheimnis wußte. Und wenn die Großmutter in dem Ton erzählte und das Lächeln so klar über dem Schmerz stand und sie sagte – wenn sie den Blick nicht haben hätt können auf ihre Kinder und sich dann nicht hätt ein paar Minuten auf die Bank setzen und sinnieren können, wär alles umsonst gewesen –, dann mußte sie es auch ahnen, das Geheimnis. Denn zu diesem Satz ist sie ja gekommen, weil sie das Wichtigste über ihre Mutter erzählen wollte. Und sinnieren war etwas anderes als nachdenken, an etwas denken, sich etwas ausdenken, über etwas denken, sinnieren war das Erkennen des Sinns ohne Gedanken und ohne Bild, war ein

Fließen und Eintauchen in eine andere Sprache ohne Wörter und Sätze, eine Sprache nur aus Stille. Und diese Stille, die eine unheimliche Kraft hatte, wurde durch einen Blick ausgelöst. Vielleicht auch durch einen besonderen Rhythmus, durch eine bestimmte Form von Langsamkeit – er dachte dabei an den Mesner –, aber das wußte er nicht genau.

4.

Dann begann wieder die Schule. Immer war es das gleiche: Kaum glaubte er für Momente den Rhythmus gefunden zu haben, der ihm den weiten Blick erlaubte, waren die Ferien zu Ende, und er ließ sich herausstoßen aus der Eigentlichkeit; aber hatte er überhaupt eine Möglichkeit, sich gegen den anderen Rhythmus, den Stechschritt, zu wehren? Denn es war nicht der Stechschritt eines einzelnen, sondern er marschierte in einer Reihe, deren Ende nicht absehbar war, auch hatte er keine Ahnung vom tatsächlichen Ausmaß des Zuges, denn wohin er auch blickte, marschierten sie in diesem Rhythmus, dort, wo Himmel und Erde zusammenstießen, sah man sie noch als Punkte, als wollten sie alles unter diesen Rhythmus zwingen, selbst in das Fließen der Stille eindringend. Vielleicht gelang es ihnen auch, immer unsicherer wurde er, ob es den anderen Rhythmus, das Schweben, den Tanz, das Schauen überhaupt gab.

In der Früh riß ihn die Mutter aus dem Schlaf, er zog sich an; die einzelnen Stücke paßten zusammen, das, meinte man, sei Harmonie, obwohl man schon längst nicht mehr wußte, was es hieß, im Einklang zu sein. Adrettsein – ein schwaches Zeichen oder überhaupt kein Zeichen, ein Nachäffen, die ständige Beteuerung, sich im Stechschritt wohl zu fühlen. Dann das Frühstück, natürlich etwas Gesundes, denn die Gesundheit war ein Gut, das man bewachte, und die Ärzte waren die Wächter, gutbezahlte Posten, die dem Feind auflauerten und ihn bekämpften. Sie sprangen mit den Menschen um, als wären sie Uhren – in mannigfacher Ausführung, was das Gehäuse betraf, aber alle mit dem gleichen Uhrwerk, das zu warten es galt. Alle tickten gleich; zumindest die Braven. Und er entstammte einer Familie, die zu den Braven gehören wollte, und weil sie spürte, daß der Stechschritt nicht ihr eigentlicher Rhythmus war, bemühte sie sich und lebte bewußt: jeder Schritt ein Stechschritt.

Solche Überlegungen stellte er aber nicht während des Aufstehens, Waschens und Essens an, sondern wenn er hinter der Schulbank saß. Er hatte zwar Nachbarn, aber sie waren nicht nah, so hing er seinen Gedanken nach. Er war zwar fremd, aber sie hielten ihn nicht für ihren Feind wie in der Volksschule. Dort war er zuerst als Fremdkörper geduldet, dann aber als Feind entlarvt worden, und die Klasse hatte ein Ganzes gebildet, mit dem Ziel, den Feind zu eliminieren. Er hatte nämlich das Bedürfnis, unter all den Braven schlecht zu sein, um den Rhythmus zu durchbrechen, um ihnen zu zeigen, daß sie nur mitmarschierten, daß die Schule zum überwiegenden Teil nichts als

Marschtraining war. Er hatte es damals noch nicht so klar bedenken können, er empfand nur den Drang, sie aus dem unerträglichen Rhythmus zu retten. Ein toter Vogel lag auf dem Schulhof – sie hatten Hofpause, es war ein sonniger Tag, und die Wiese, die an den Hof grenzte, glänzte; da überkam ihn ein Zorn gegen diese miese Art zu leben: Er stampfte mit dem rechten Fuß auf den Vogel, trat einen Schritt zurück und spuckte auf ihn. Es folgten das Jüngste Gericht und seine Verdammung: Die linke Seite war seine – auf ewig, wenn möglich. Er hätte etwas sagen sollen, alle warteten auf seine Verteidigung – da waren die kristallenen Sekunden, die zu bersten drohten –, und er schwieg. Jetzt hatte er oft das Bedürfnis, zum damaligen Lehrergericht zu gehen und sich zu verteidigen, oder besser: Anklage zu erheben wider es.

Dann war noch die Scheiß-Aktion. Er hatte sich einige Zeit, nachdem er unberührbar geworden war, am Nachmittag in die Schule geschlichen und dort versteckt. Nachdem die Schulwartin das oberste Stockwerk geputzt hatte und er sie im unteren hantieren hörte, setzte er sich auf die Muschel und schiß eine wahre Pracht von Wurst. Mit dem Klopapier drückte er kleine Stückchen ab und schrieb auf die Innenseite der Tür – er hatte einen Augenblick daran gedacht, seinen Urteilsspruch an der Außenseite anzubringen, leider hatte er sich nicht getraut – Scheiß Schule. Natürlich war der

Verdacht zuerst auf ihn gefallen, aber beweisen konnte man ihm nichts.

In der vierten Klasse stahl er. Die Lehrerin, eine kleinliche Person, die nichts mehr liebte als das Ordentlich-und-adrett-über-den-Kamm-Gescherte, bewahrte im Katheder ein Buch über Heilige auf, in dem sie bisweilen blätterte. Eines Tages – sie waren schon aufgestanden, um ihr Sprücherl: Grüß Gott, auf der Straße aufpassen und schnell heimgehen, aufzusagen – fiel sein Blick auf das Lehrerpult, wo das sonst wohlverwahrte Buch lag. Kurz nach dem Essen ging er in die Schule, schlich sich in die Klasse, nahm das Buch mit Hochglanzeinband samt starr blickendem Heiligen und lief mit seiner Beute unter dem Pullover in das nahegelegene Wäldchen. Dort legte er es unter einen Baum und bildete mit den Unterarmen eine Schaufel, um dürre Blätter auf das Buch zu häufen. Dann lief er nach Hause, holte zwei Plastiksäcke, hob die Blätter beiseite und blies das Buch von allen Seiten ab, um es von den Blattbröseln zu befreien, steckte es in die Säcke, legte es unter den Baum und strich das Laub wieder zurück.

Dort lag es ein paar Wochen. Immer und immer lief er dorthin, grub es aus und blätterte und las darin. So viele Heilige, die zeigten, wie man stirbt, bekennerhaft, niemals dem Glauben abschwörend, dem rechten, versteht sich. Und so wenige, die zeigten, wie man leben soll, ein Leben, das heilig ist; tanzend der Welt das Andere einschreibend, betend Kraftfelder in den Raum legend, lachend die Gewalt bloßstellend, zärtlich die Heiligkeit eines Grashalmes erkennend, eines Tieres, eines Steins, gelassen sein ohne Angst – frei sich bewegend, von der Liebe angerührt. Aber im Leben stehend, nicht hinter Mauern; die anderen nicht den aufrechten Gang lehrend, sondern das Schweben, den Tanz, und anecken, wo notwendig, sich nicht fromm mit dem Halten des eigenen Heiligenscheins beschäftigen, nicht dieser Unterwürfigkeitsblick: Ich nehme alles, der Herr hat es geschickt, darum ist der Rücken vom Bukkeln so krumm und, nein, es blieb nur einer, von allen Heiligen blieb nur einer, dessen Namen er gern getragen hätte: Franz. Obwohl er die vielen Franzi, Franzerl, Franze im Ohr hatte, obwohl er wußte, wie leicht gerade dieser Name der Lächerlichkeit anheimfallen konnte, würde er sich, wenn er könnte, diesen Namen wählen. Nicht Christian, ich heiß Franz Fladerer. Dann begann es zu frieren, und Schneeregen und Schnee folgten. Die Blätter begannen sich zu werfen, das Buch roch eigenartig, modrig wie das nasse Laub und ein wenig nach Schimmel, wie verschwitztes Turnzeug, das zu lange im Sackerl vergessen wurde. Er mußte das Buch retten. Weil in diesem Buch war das Leben des Franziskus aufgeschrieben.

Hatte er wegen des Diebstahls kein schlechtes Gewissen, was sollte die Lehrerin mit dem Buch anfangen, hatte sie doch keinen blassen Dunst von Heiligkeit, so belastete ihn der Gedanke, seine Mutter anlügen zu müssen. Doch je länger er überlegte, desto sicherer war er, ohne Lüge auskommen zu können: Schau, ich hab ein Buch gefunden. Im Wald ist es gelegen in einem Plastiksack.

Die Mutter bestand darauf, daß er den Sack mit dem Buch zurücklegte, denn irgendwer hat dort gerastet und das Buch vergessen. Das a in gerastet schien sie merkwürdig zu dehnen, er hatte solche Angst, daß er es nicht wagte, das bereits zurechtgelegte: Das Buch wird dort draußen kaputt, vorzubringen. Und wie sie da stand und den Boden wahrscheinlich zum tausendstenmal wischte, die Haare hingen ins Gesicht, sie nahm sich nur Zeit für einen Blick und die Dehnung des a, bevor sie sich schnell wieder der Arbeit zuwandte – die Mama weiß, was arbeiten heißt –, tat sie ihm leid.

Hast du die Aufgabe gemacht? Hast du dein Zimmer zusammengeräumt? Hast du Klavier geübt? – Nein. – Dann mach es. Zuerst trag das Buch zurück, dann mach deine Arbeit, hast du verstanden?

Er war traurig, weil die Mutter keine Ahnung zu haben schien vom leichten Schritt, vom Tanz, sie hatte wahrscheinlich noch nie im Leben Zeit mit etwas nicht Zielführendem vergeudet, hatte immer das Maximum herausgeholt aus sich und den anderen. Und er trug das Buch zurück und war traurig, weil nur er die Sehnsucht hatte und das Gefühl, daß sie alles falsch machten. Die Mutter, der Vater, die Lehrer, die Mitschüler, die Großmutter, die im Fernsehen und die in der Zeitung. Und er. Weil er mitmarschierte. Er marschierte brav mit, auch wenn er Scheiß Schule mit Scheiße auf die Klotür schrieb, auch wenn er den toten Vogel anspuckte und der Lehrerin das Buch stahl. Er marschierte. Und die Sehnsucht hatten vielleicht alle.

Das Buch grub er nicht ein, sondern legte es, in die Plastiksäcke gewickelt, auf den Laubhaufen, daß man es deutlich wahrnehmen konnte. Täglich ging er am Buch vorbei, ohne es zu berühren, nach einer Woche: Das Buch liegt noch immer da draußen, und, für seinen Geschmack zu schnell: Es wird kaputt da draußen. – Gut, dann hol es. Er übergab das Buch, speiübel war ihm; die Mutter blätterte es kurz durch, vielleicht sollen wir es dem Pfarrer geben, er schrie fast auf, der Pfarrer unterrichtete an der Schule Religion. Die Mutter legte das Buch auf das Bücherregal, so daß es auf sechs stehende Bücher zu liegen kam. Er hatte die Formen und Farben noch deutlich vor Augen: silber, blau, weiß und ein cremefarbenes und ein hellblaues; alle waren ungefähr gleich hoch, aber verschieden dick, das dickste war Der Doppelgänger von Fjodor Dostojewski, und Frühe Prosa stand darauf. Die Titel der anderen hatte er vergessen, aber alle waren dünner als Der Doppelgänger. Er wagte es nicht, die Sprache auf das Buch zu bringen, hoffend, die Mutter würde ihr Ansinnen vergessen. Und tatsächlich. Sie vergaß es. Nach zwei Wochen zwängte er das Buch zwischen den Dostojewski und das darauffolgende blaue, und niemand merkte etwas. Er war brav wie selten zuvor und erreichte den für das Gymnasium vorgeschriebenen Notendurchschnitt ohne Schwierigkeiten.

An der höheren Schule fühlte er sich wohler, war er nicht einem einzelnen ausgeliefert, und kam er in eine Gemeinschaft, die nicht im Stakkato toter Vogel, toter Vogel schnaufte. Anfänglich wünschte er sich, dazuzugehören, einer der Ihren zu sein, bald jedoch gab er diesen Wunsch auf: distanzierte Freundlichkeit und freundliche Distanziertheit. Nach kurzer Zeit hatte er seine Mitschüler alle ausgemustert, sich freundlich alle Unzulänglichkeiten, Fehler und Häßlichkeiten eingeprägt und auch die Lehrer genau ins Visier genommen. Keiner wirklich weise, jeder stocherte in seinem Fachgebiet, den Blick ängstlich auf die Grenzen gerichtet, die zu überschreiten ein persönliches Unglück darzustellen schien.

Was in der Volksschule begonnen hatte, wurde hier fortgesetzt: das Denken in Schubladen. Man zog eine Schublade heraus, um sich mit ihrem Inhalt vertraut zu machen. Bevor jedoch die nächste geöffnet wurde, und das schien oberstes Prinzip zu sein, mußte die vorherige geschlossen werden. Kein Lehrer interessierte sich für das Stoffgebiet eines Kollegen oder einer Kollegin: jeder für sich. Und als er jeder für sich dachte, mußte er lächeln, denn das Feuerwehrhaus im Dorf seiner Großmutter fiel ihm ein mit der Tafel über dem Tor: Einer für alle, alle für einen. Und sofort war da die Stimme der Großmutter, wie sie Spritzenhaus betonte: das i weit hinten und eigentlich zu langsam für ihr Sprechtempo, auch nicht zum Wortsinn passend.

Er sehnte sich nach den Ferien, nach der Großmutter, nach ihren Geschichten. Und nach dem Ministrieren in der Dorfkirche der Großmutter, wo er die großen rissigen Hände der alten Männer beobachten konnte, die zu steif waren zum Falten, und eine Holprigkeit heraushören, einen Widerstand bei dem, was sie sagten. Sie wurden daher regelmäßig von den ratschenden Frauen überholt, dabei ratschten nicht alle Frauen gleich, es gab zwei oder drei, die das Tempo vorgaben als Forderung, als Diktat, dem sich die anderen beugten. Am meisten freute er sich auf das Rosenkranzbeten, bei dem Männer und Frauen abwechselnd rezitierten: Ehe die holpernden Männer das Jetzt und in der Stunde unseres Todes vollendet hatten, fielen die Frauen mit ihrem Gegrüßet seist du, Maria, voll der Gnade, der Herr ist mit dir ein, fielen über den Satz der Männer her, überfielen die Männer, die dem Ratschen nur ihre Holprigkeit entgegensetzen konnten. Ging das Beten in dieser Rollenaufteilung noch halbwegs glatt, so kam es beim Wechsel regelmäßig zum Crash. Die Männer beteten nun den längeren Teil: Gegrüßet seist du, Maria, voll der Gnade, der Herr ist mit dir, du bist gebenedeit unter den Frauen und gebenedeit ist die Frucht deines Leibes, Jesus, der für uns das schwere Kreuz getragen hat, die Frauen begannen ihr Heilige Maria, Mutter Gottes, bitt für uns Sünder jetzt und in der Stunde unseres Todes, amen in das Satzfleisch der Männer zu bohren, immer ein bißchen früher, jedesmal an Tempo zulegend, bis sie beim siebten oder achten Mal früher fertig waren als die Männer. Dann herrschte für einen Augenblick Stille, in der die Männer die Frauen still anherrschten, dann begannen sie ihr Gegrüßet seist du, Maria, und die Frauen hielten sich, so gut es ging, zurück.

In der Dorfkirche mußte er nicht ständig die Menschen mustern, es war vielleicht die Melodie des Dialekts, die ihn irgendwie versöhnlich stimmte. Und als er einmal an einem sonnenharten Tag die Kirche betrat und die kühle Luft dort für alle Ewigkeit aufgehoben schien und das Licht die Milde auf das Innere goß, berührte ihn die andere Wirklichkeit. Die Sprache der Bäume, der Sonnenflecken, der Kräne. Er konnte die Dichte nicht lange aushalten. Bevor er die Kirche verließ, legte er die ganze Hand in das Weihwasserbecken, und er sah den brennenden Dornbusch und Moses davor.

Aber das war weit weg. Die Schule, die Aufgaben, die Klavierstunden, das Turnen, alles war vollgestopft, er sollte ja ein braver Mann werden und eine brave Frau heiraten und brave Kinder bekommen und brav sterben. Und brav sein, bedeutete auch schnell sein, schnell genug sein, schneller sein als die anderen; fleißig sein, fleißig genug sein, fleißiger sein als die anderen. Du bist nichts, du hast nichts, du kannst nichts, wenn du auf die Welt kommst, aber du kannst zeigen, daß du etwas bist, etwas hast, etwas kannst. Indem du fleißiger bist und schneller, indem du der Fleißigste und der Schnellste bist.

Denen, die ihnen die Schubladen öffneten, war er nicht böse, sie konnten nicht anders, das Herausziehen und das Hineinschieben war ihre Wirklichkeit. Aber die in den langen Gewändern samt ihren Schafen begann er zu verachten.

Allsonntäglich glänzte biedere Bravheit altarwärts. Er stand mit brennender Kerze neben dem Ambo, saß auf dem verzierten Schemel neben dem verzierten Thron, schenkte Wasser und Wein in den Kelch, läutete die Glocke, vergaß nie, nach diesen Tätigkeiten mit gefalteten Händen Richtung Altar zu nicken, und hatte immer nur die häßliche Sattheit, die häßliche Anständigkeit, die häßliche Feigheit vor sich, war so voll von gestärkten Spitzenkrägen, Faltenschoßen, Lackschuhen,

Qualitätshemden, Bügelfalten, Markenleibchen, Trachtenjacken, von all diesen adretten Gefälligkeiten, daß er meinte, schreien zu müssen.

Er beschloß, nicht mehr zu ministrieren. Vielleicht konnte er den Blick auf den Altar richten und sich neben den Mesner stellen, der am Seiteneingang kniete, daß er ihn als Ministrant kaum sehen konnte, vielleicht konnte er dann diese Saubermänner und Sauberfrauen und Sauberkinder übersehen, vielleicht könnte er aufhören, sie zu verachten. Den Eltern gab er keinen Grund an, ich mag nicht, er wollte sie nicht kränken, saßen sie doch immer in der vierten Reihe rechts, ein bißchen weniger adrett vielleicht, ein klein wenig leidend an der Bravheit – die Mutter hatte so eine wegwerfende Bewegung, wenn sie sagte, die können's halt nicht besser –, aber kein Sonntag ohne die vierte Reihe rechts, ausgenommen drei Wochen Urlaub oder Krankheit.

Der Mesner trug einen alten Steireranzug und hatte ähnliche Hände wie die alten Männer im Dorf der Großmutter. Er war irgendwo im oberen Murtal Bergbauer gewesen, warum er jetzt in der Stadt lebte, wußte er nicht. Der Anzug war ein bißchen abgetragen und roch ein bißchen nach Schimmel oder Mottenkugeln, nein, es war Schimmel, nicht aufdringlich, ganz leicht, wie das Abgeschabte des Anzugs nur sichtbar wurde, wenn man genau hinschaute. Neben diesem Mann stand er, Christian Fladerer, jetzt jeden Sonntag. Und immer genauer spürte er, es war die Ohnmacht, die im Zentrum der Kraft stand oder ganz nah dem Zentrum.

Und er begann den Mesner zu lieben. Denn der wollte nicht teilhaben an der Macht wie alle anderen. Alle wollten sie teilhaben, alle, ohne Ausnahme, deshalb waren sie wahrscheinlich auch so überaus häßlich, weil sie sich ständig so aufführten, als erkennten sie etwas von Gott, und nicht losließen von ihrem Fünkchen Macht, das sie marschieren ließ im Stechschritt als wandelnde Beteuerungen.

Er aber stand unter dem Schutz des Mesners, in dessen tanzender Torheit. So könnte er überleben: in der Schule ein Fremder, nachmittags die Aufgabe schreibend, Klavier spielend, lernend, turnend dem fremden Rhythmus gehorchend, am Sonntag die Prophezeiung vom schwebenden Tanz.

Da starb der Mesner.

In dessen Todesnacht hatte er einen Traum. Er stand auf einem Platz und hatte ein Gefäß vor sich, das er mit einem Stab zerschlug: Bekehrt euch, rief er immer wieder. Bekehrt euch, er wollte noch etwas hinzufügen, aber er vergaß es; bei jedem Ausruf glaubte er zu wissen, was er noch sagen wollte, jedesmal vergaß er es, bis er verstummte. Da fügte sich das zerbrochene Gefäß zu einem neuen, das er wieder zerschlug, und sofort bildete sich, die Form verändernd, ein anderes, und immer und immer zerschlug er das Gefäß, und ein neues entstand. Er wußte nicht, ob die Kraft von ihm ausging oder nicht, Schlag und Schöpfung. Er mußte nicht mehr nach dem verlorenen Satz suchen, das Zerschlagen war nicht gewalttätig, und viele Menschen, ganze Züge gingen an ihm vorüber und schauten still zu.

Diesen Traum träumte er ein paarmal.

Er fragte den Pfarrer, ob er beim Begräbnis ministrieren dürfte. Da er viel größer war als die anderen Ministranten, reichte ihm die Kutte nur bis zu den Knien. Es regnete leicht, nasse Kälte und Trostlosigkeit, und er schwenkte verzweifelt das Weihrauchgefäß und ging ganz langsam, dem Zug seinen Rhythmus aufzwingend, so daß ein immer größerer Abstand zwischen dem an der Spitze gehenden Kreuzträger und dem von ihm angeführten Trauerzug entstand.

Kein Auge hat es geschaut, kein Ohr gehört, was Gott jenen bereitet hat, die ihn lieben. Doch, der Mesner. Ganz nah war der dran.

Und er brannte wieder, und um ihn brannte es, in der Nacht und am Tag, wenn er seine Gedanken nicht in eine bestimmte Richtung zwang. Er trägt einen Anzug, eine weite Hose mit Trägern und ein Sakko, brennend läuft er eine Gasse entlang, die Flammen stehen im rechten Winkel von ihm, und obwohl das Sakko offensteht und er es leicht abstreifen kann, tut er es nicht, weil diese Möglichkeit außerhalb seiner Vorstellungskraft liegt. Oder er steht in einer Feuersäule, ohne zu verbrennen, mit ganzer Kraft versucht er seinen Eltern zuzurufen, daß sie sich keine Sorgen machen müßten, doch das Feuer schluckt jeden Ton. Oder die ganze Stadt oder die ganze Welt brennt, und er könnte den Brand mit einem Wort oder einer bestimmten Bewegung löschen – wie sehr er sich aber bemüht, wie verzweifelt er auch ist, es fällt ihm nicht ein. Oder er muß ein Feuer bewachen, eine Art Lebensfeuer, das mit rotblühenden Blumen gespeist werden muß, und er rennt und sammelt diese Blumen, ständig im Wissen, daß er bald die letzte ausgerissen haben wird.

Er geht in den Wald und steht, die Sonnenflecken zu betrachten, und sieht eben Sonnenflekken. Da scheint die Sonne zwischen den Bäumen durch bis zum Grund.

Er wird noch schweigsamer. Manchmal glaubt er, daß die Mutter ihn versteht. Doch immer, wenn er langsamer werden will, wenn er schlechtere Noten bekommt, wenn er nicht in die Kirche gehen will, schlägt ihn ihr Vorwurf. Eigentlich war es kein Vorwurf. Wenn sie geschrien hätte oder gedroht, hätte er zurückgeschrien oder ihr ins Gesicht gegrinst, wie er das bei seinen Mitschülern schon öfters beobachtet hatte, aber es war eben kein Vorwurf, sondern ein Leiden, eine ganze Druckwelle, die auf ihn losbrach.

Er marschierte, und jeder Schritt schmerzte. Er litt. Wie ein Hund. Wie ein Hund, so ein Blödsinn, wer sagt das doch immer, der leidet wie ein Hund, und gibt so eine Geschichte zum besten, und alle trinken Kaffee und sind zufrieden. Er leidet nicht wie ein Hund. Ein Hund leidet wie ein Hund. Und er leidet wie wer? Er leidet wie er. Nicht wie ein Mensch? Er weiß es nicht. Wenn er krank wäre, hoffnungslos krank, wenn es Krieg gäbe oder seinen Eltern etwas passieren würde, wenn eine Katastrophe hereinbräche, dann wäre es einfacher. Er hat schon Berichte gesehen vom Grauen und vom Grauen gelesen, und die Mutter hat vom Grauen erzählt, er hat auch schon die Tante, die schmerzverzerrt dalag und nur den Tod wünschte, besucht. Er könnte sagen: Ich habe Krebs, ich leide, und die anderen würden sagen, er hat Krebs, er leidet, vielleicht würden sie sogar sagen, er leidet wie ein Hund. Und wenn ihm das Grauen aus den Augen schreien würde und er stumm wäre, dann würden sie sagen: er leidet, oder: man muß etwas tun gegen das Leiden, oder: man muß das Leiden lindern. Aber er? Niemand sagte, er leidet, konnte er von sich sagen, ich leide? Ich sehe die Sonnenflecken, und weil ich nichts als die Sonnenflecken sehe, weil ich nur die Sonnenflecken sehe, leide ich.

Und er sah sich wieder als einen, der den Blick nicht wegheben konnte von sich. Wie konnte er glauben, daß es einfacher sei, Krebs zu haben, zu verhungern, irgendwo zu krepieren, einfacher. Einfacher.

5.

Die Mutter fragte, ob er sie begleiten wolle. Zu der alten Frau, sie hat ja schon oft von ihr erzählt, er könne Wasser holen und Holz und mit ihr ein bißchen plaudern. Aber schrein mußt halt, sie hört schlecht.

Ja, er geht mit, eigentlich sogar gern, aus dem Raum, der angestopft ist mit Ich-Bahnen, die die Gedanken hinunter und hinauf rutschen, schon blankgescheuert. Er will weg. Er hat Angst vor dem Wald, noch einmal hineingehen und nur die Bäume sehen und nichts als die Bäume und nur die Sonnenflecken und nichts als die Sonnenflecken, er wird einige Zeit verstreichen lassen, seine Gedanken werden aufhören, so übel zu riechen, immer dieser Ich-Geruch. Er geht mit der Mutter an den Nachbarhäusern vorbei, auf einem leicht ansteigenden Gehweg, vorbei an der Kapelle, wo seine Mutter der Mutter Jesu zunickt, viele tun das, zumindest die vom Land kommen, erkennt man daran. Manche zeichnen mit dem Daumen auch kleine Kreuze auf Stirn, Kinn und Brust. Er ist jedesmal unschlüssig, die kleinen Kreuze sind ihm zu klein, soll er jetzt nicken oder die Hand ein großes Kreuz zeichnen lassen?

Es muß in der Nacht stark geregnet haben, das Wasser hat Steinchen und Blätter über den Asphalt geschwemmt. Er schaut auf die Bäume, fast kahlarmig schlagen sie Bahnen, nur einige Blätter baumeln noch, er lächelt den Bäumen zu, wie schwer sie da stehen in der Kühle, wie ein Versprechen. Die Wiese, das Volksschulhaus, ein gelber Koffer, dessen Deckel zuschlägt, sobald man eintritt, aber das ist vorbei, dann die Siedlungen, alle Häuser nett, ein bißchen billig alle. Kaum Leute auf der Straße, zu naßkalt, die glitschigen Blätter, der weiße Atem, sie fühlen sich wohl daheim, er kann es spüren, ohne daß es ihn sticht.

Bald sind sie an der letzten Zeile angelangt, die Mutter streift schon die Schuhe am Gitter vor dem Eingang ab, sie drücken die Tür auf, gehen die Kunststeintreppen, in deren Winkeln Staubknäuel lagern, hinauf, den langen dunklen Gang entlang, bis sie zu einer Tür kommen: Muray.

Muray heißt sie? – Nein, Muray heißt der Vermieter, der sie draußen haben will, sie hat kaum eine Chance, daß sie bleiben kann, sie stellt nämlich ein Risiko dar. Im Winter, wenn es kalt ist, schaltet sie immer die Herdplatte ein. Das läßt sie sich nicht ausreden.

Die Mutter drückt die Klinke hinunter: die Tür öffnend ruft sie, Frau Tuppy, Frau Tuppy, ich bin's, Frau Fladerer.

Es stinkt. Der Gestank schneidet sich durch seinen Körper. Die Mutter grinst leicht, schreit in den dunklen stinkenden Raum Frau Tuppy, diesmal erhält sie ein Ja. Die Antwort paßt zum Geruch, das Ja stinkt, die Mutter tastet kurz nach dem Lichtschalter und beleuchtet die gesammelten Schätze, na, er kann mit dem Vermieter direkt mitfühlen, die nackte Birne mit dem schwächlichen Licht reicht, die Schachteln, Kisten, Berge von Fetzen, Schuhen, Flaschen, Zeitungen und sonstigem Gerümpel in Szene zu setzen. Ein schmaler Gang führt durch den Fetzensalon, dann die nächste Überraschung, als die Mutter die Tür öffnet: Sein Blick fällt auf ein Bett, in dem eine zahnlose Frau sitzt, heut hab i mi scho niederglegt. Warum kommen S' denn so spät?

Der Boden ist vollgestellt mit Kübeln und Kochtöpfen, die Herdplatte glüht. Frau Tuppy, Sie dürfen die Herdplatte nicht einschalten zum Heizen, das ist gefährlich, alles kann zu brennen anfangen. Warum heizen S' denn nicht ein? Gehn S', hörn S' auf.

Die Frau Tuppy grinst: Ein Wasser brauchert ich. Und wenn S' mir den Kübel ausleeraten. Gehn S' bitte. Ja, die Mutter packt den Kübel mit Unrat und Urin.

Mein Sohn, Frau Tuppy, der Christian, ich hab schon von ihm erzählt. Was soll er der schmierigen Alten sagen? Grüß Gott, sagt er mit viel Überwindung.

Geh, setz dich her zu mir. Wie stark sie sich fühlt, und wie sie mit der Mutter kommandiert, und wie sich die Mutter alles gefallen läßt. Was soll er mit der reden?

Wie alt bist du? – Fünfzehn. – Nicht besonders ergiebig. – Was machst du denn? – Ich gehe noch zur Schule, er betont zur, sagt nicht, ich gehe in die Schule, das hätte ihr besser gefallen, aber er will ihr nicht gefallen. Wie schlecht sie ihr Vergnügen am Herumkommandieren verbergen kann. Und wenn S' ma den Kübel ausleeraten, hineingeschissen hat sie in den Kübel, der Kübelrand war voll Scheiße, und wie sie sich freut.

Wie geht es Ihnen? Er hat sie wirklich gestellt, die blödeste aller Fragen, und sie erfreut sich an ihr. Er sitzt am Bettrand, sein Blick fällt auf den Boden, wo Schleimfetzen liegen. Die spuckt einfach auf den Boden, sitzt im Bett und spuckt auf den Boden. Zum Glück kommt die Mutter mit frischem Wasser und geleertem Kübel.

Frau Tuppy, wir müssen etwas unternehmen, ich rufe den Installateur, das Klo, das muß man reparieren, da hilft einfach nichts. Ich kann nicht jeden zweiten Tag kommen.

Die Frau Tuppy mustert die Mutter, und deren Entschlossenheit wahrnehmend, willigt sie ein: Gut, dann soll er halt kommen.

Die Mutter beginnt einzuheizen, die Frau Tuppy und er schauen zu, die Erzählung fällt ihm ein, in der einer an ein Bett gefesselt ist, da gibt er sich einen Ruck, steht auf und ist froh, der Mutter helfen zu können. Papier hat sie schon ins Ofenloch geschoben, er legt Holzspäne darauf und die Mutter zwei Scheiter. Sie schließt das Ofentürl, durch das sie Papier und Holz gesteckt haben, und fährt mit dem brennenden Streichholz zwischen die Eisenstäbe des unteren Türls. Das Feuer prasselt, wie blaß das klingt, das Feuer prasselt, dabei ist er berührt von dem Feuer in dem schmutzigen Herd, das die rothaarige Frau hockend bewacht. Langsam ziehen die guten Bilder vorbei, es ist das Hocken vor dem Herd, dem Schwarzbeerenklauben ähnlich, das die feierliche Langsamkeit erschafft, immer sind es Frauen, alte weise Frauen, die ein Feuer bewachen oder entzünden. Jede Bewegung hat eine Bedeutung, jede Bewegung sagt, es ist gut: Es ist gut, daß es dich gibt, Feuer; es ist gut, daß es mich gibt, daß ich sein darf, daß jeder einzelne sein darf; es ist gut, daß es das Sein gibt. Er wirft einen Blick auf die Mutter, sieht sie die Bilder auch? Er ist sich nicht sicher, sie steht auf und sagt zufrieden zur Frau Tuppy: Es brennt jetzt. Er dreht sich um und betrachtet die Frau Tuppy noch einmal. Vielleicht ist sie jetzt weniger unsympathisch. Nein, das Lauernde in jeder Silbe, das vordergründig Devote sind da, fallen ihr förmlich aus dem Gesicht. Aber seine Mutter war einen Augenblick ganz nah, hat sich tief eingeschrieben in ihn.

Sie verabschieden sich, die Mutter wiederholt ihren einfachen Satz, den die Alte als Drohung empfindet: Ich rufe den Installateur.

Nachdem die Tür ins Schloß gefallen ist, mehr Vorwurf als Frage: Warum machst du das? Warum läßt du dich herumkommandieren? Ich mein, es ist schön, wenn du ihr hilfst, aber sie will doch nur herumschaffen mit dir, die kann doch ohne weiteres den Kübel ausleeren und einheizen.

Sie gehen schweigend, die Schritte auf dem nassen Asphalt ziehen ein Klatschen nach. Es dämmert, es ist seine Zeit. Jedes Ding erzählt, jeder Baum, jeder Stein, alles ist Bedeutung, aber ganz leicht, ohne Pathos.

Sie ist so geworden.

Viele haben ein ähnliches Schicksal und werden nicht so.

Aber sie ist so geworden.

Das war es auch. Sie waren schweigsame Menschen. Er spannt seine Gedanken in das Bedeutungsgewebe und sucht nach dem Muster.

Sinn hat mit Berühren zu tun. Berühren. Nicht das Ding, das Lebewesen, sondern das Bewußtsein des Dings, das Bewußtsein des Lebewesens. Das Bewußtsein des Baumes, des Felsens, des Tiers. Das Fließen als Kraft spüren und sich im Gleichklang bewegen. Tanzen. Vielleicht war er ein Bewußtseinsbegabter, vielleicht nahm er mehr wahr als die anderen. Er sehnte sich nach jemandem, dem er das alles sagen könnte. Er betrachtete seine Mutter und erkannte mit einem Mal, daß das Pflegen der unsympathischen Alten auch ein Versuch war, sich in der anderen Ebene zu bewegen, in der

Sphäre, die dicht hineinverwoben war ins Handfeste. Gehörten das Häßliche und das Schöne zusammen, nicht als Gegensatz, sondern als Richtung? Meinte man, wenn man vom Heiligen sprach, diese Sphäre?

Seine Mutter ging langsamer, die nervende Zielstrebigkeit fiel ab, leicht und beschwingt ging sie. Seine Mutter war fröhlich. Eine sich mitteilende Fröhlichkeit. Hochgemut hätten sie es früher genannt. Er hat Erec gelesen und Iwein und war von der Weisheit dieser Geschichten beeindruckt: die Balance halten, das Gleichgewicht der Kräfte suchen – nicht verfahren und nicht verliegen –, die Harmonie suchen, hohen muot nannten sie es.

Der Mesner. Es gab nicht nur eine Bewußtseinsbegabung, es gab auch eine Gottesbegabung, oder war das dasselbe, war Gottesbegabung nur eine spezielle Form der Bewußtseinsbegabung oder Bewußtseinsbegabung nur eine Form der Gottesbegabung, oder gab es verschiedene Stufen des Wahrnehmens? Nahm man zuerst das Strömen und Fließen als eine Art Sprache wahr und kam dann der Augenblick, in dem man Gott erkannte, oder war das alles Gott? War Gott diese Energie, oder war diese Energie Teil der göttlichen Energie? Oder gab es Gott nicht, und die Menschen verwechselten die Kraft, die von allem ausging, mit Gott? Trotzdem ist es gut, daß du zu ihr gehst, sagte er in die Stille hinein, als hätten sie die ganze Zeit hindurch ein Gespräch geführt. Die Mutter lachte. Warum war sie daheim so anders? Alle unter Druck setzend, zur Eile treibend – ihren Bewegungen haftete etwas Reißendes an –, verhängte sie im Laufschritt über die Langsamen das Urteil: untüchtig. Doch sie litt. Erst die leise Trauer, die über dieser reißenden Bewegung stand, machte sie liebenswert. Ihre Sehnsucht hatte etwas Verheißendes: Ich kann nicht anders leben, ich bring kein besseres Leben zusammen, aber es gibt es, das bessere Leben, das vielstimmig harmonische.

Der Geschichtelehrer fiel ihm ein. Glaubt ihr, war das Leben früher besser, ich meine, wenn ihr es euch aussuchen könntet, würdet ihr lieber früher gelebt haben oder heute? Ohne zu überlegen hatte er: früher, gerufen, worauf der Lehrer und die Mitschüler Argumente sammelten, die die Freiheit des einzelnen, seine Möglichkeiten, die Rechte des einzelnen zeigend, sein Früher widerlegen sollten. Dann hätte er dazu Stellung nehmen sollen, seine Position erklären, doch er zuckte nur mit den Achseln und schwieg.

Wie damals, als er mit Bekannten eine Wanderung auf irgendeinen Berg gemacht hatte und das Gespräch auf das Altarbild in ihrer Kirche gekommen war. Es zeigte eine rot gekleidete Frau mit Diadem, die zusehen mußte, wie Menschen verbrannt wurden; Häscher standen neben der Frau, in deren Gesicht sich das Entsetzen über die

Demut legte, und am äußersten Bildrand ein Pferd. Als sie ihn fragten, ob ihm das Bild gefiele, sagte er zum Entsetzen der Bekannten: Ja, sehr gut. Wie konnte ihm eine derartige Grausamkeit gefallen, und er hörte sie tuscheln. Was gefällt dir eigentlich an dem Bild? Er zuckte lediglich mit den Achseln. Dabei war es nur das Auge des Pferdes, das ihn so beeindruckte. Beim Ministrieren hatte er jedesmal auf das Auge am äußersten Bildrand gestarrt und gedacht: Daß man so malen kann, wie in echt.

In echt war eines seiner Lieblingswörter, als er noch in die Volksschule ging, und wie „in echt" wirkte das Pferdeauge auch, weil eine seltsame Kraft von ihm auszugehen schien – deshalb war es auch nicht ganz richtig zu sagen, ich habe auf das Auge geschaut, es müßte heißen, ich habe in das Auge geschaut, in die Kraft. Dann begann er zu spielen: Er fixierte das Pferdeauge – die Welt war nur noch dieses Pferdeauge –, bis es zu zittern begann und sich zu bewegen schien.

Ähnlich war es mit dem „Früher", das er entgegen seiner sonstigen Gepflogenheit auf die Frage des Geschichtelehrers spontan gerufen hatte. Er hatte noch nie darüber nachgedacht, ob er zu einer anderen Zeit lieber gelebt hätte, es erschien ihm auch müßig; was er mit seinem Ruf ausdrücken wollte, war die Annahme, daß es früher einen Rhythmus gab, dem man sich anvertraute, einen Rhythmus, der stärker bestimmt wurde durch das Geborenwerden, Wachsen, Altern, Sterben; jeder hörte diesen einfachen Rhythmus und modulierte seine persönliche Melodie, stets so transparent, daß man das Grundmuster durchscheinen sah. Der Blick auf den klaren Rhythmus brachte Gelassenheit, man nahm sich nicht so wichtig, ohne daß man sich für wertlos hielt wie die Mutter, man betrachtete sich als Teil, hineinverwoben in ein Ganzes, ausgestattet mit der Fähigkeit, seine Melodie zu finden, nachdem man lang genug in diesen Rhythmus hineingehört hatte.

Vielleicht war es auch gar nicht so. Vielleicht bildete er sich all diese Dinge nur ein und versteifte sich darauf, weil er diese Gedanken, ohne sie jemandem mitzuteilen, mit sich trug und aufhob ohne Widerspruch von außen. Warum Widerspruch? Es gab doch auch die Möglichkeit der Bestätigung oder des teilweisen Widerspruchs oder der teilweisen Bestätigung, einfach ein Gespräch.

Vielleicht lernt er jemanden kennen, mit dem er darüber reden kann, ganz selbstverständlich, ohne das beklemmende Gefühl, den Wörtern nachlaufen zu müssen. In alle Richtungen stieben sie davon, obwohl er sich redlich bemüht, die richtigen einzufangen, erwischt er meist die falschen, nicht ganz falsche, aber eben auch nicht die, die er sich wünscht, die ganz genau das bezeichnen, was er bezeichnet wissen will. Die Sätze, die er aus diesen störrischen Wörtern formt, sollen nämlich immer begleitet werden von stillen Sätzen, die andeuten, daß es über den ausgesprochenen Satz hinaus noch etliche andere gab, die ähnliches aussagten, aber auch solche – und das schien ihm besonders wichtig –, die darauf hinwiesen, daß es so viel Unaussprechliches gab. Für ihn Unaussprechliches, er konnte nicht behaupten, daß es generell unaussprechlich war, aber er wollte, daß jeder Satz einen Hof hatte und man nicht wußte, was schöner oder interessanter war, der Satz oder der Hof.

Es war fast ganz finster geworden und kühler. Die Kälte fraß sich über die Achseln die Schultern hinunter; sollte er sagen, es ist kälter geworden? Nein, er sagt ihn nicht, diesen eindeutig überflüssigen Satz – die Mutter hat sich die Jacke gerade enger um den Hals gezogen –, er haßt Eindeutigkeitssätze. Die er überall argwöhnisch beobachtet, die auch stille Geschwister hatten, jedoch stumpfsinnige. In schlecht besuchten Gasthäusern, wenn ein Paar an einem Tisch sitzt und die Augen alles abgegrast haben, dann beginnt es diese Sätze zu hageln, oder bei Kaffeekränzchen, wenn die leidigen Themen abgehakt waren, eigentlich endeten die meisten Unterhaltungen so kläglich in Sätzen wie: Ein kühles Lüfterl weht, herrlich, die Suppe ist heiß, gelt, mein Salat ist letschert, deiner auch?, dabei ist das Herausgewürgte so vollkommen überflüssig, zum Erbarmen. Vereinzelte Eindeutigkeitssätze waren noch verzeihlich, aber dieser Wust von Stumpfsinnigkeit war unerträglich. Er war der Mutter dankbar, daß sie diese Sätze mied.

Die Schatten der Bäume haben sich auf den Asphalt gelegt, die vorbeifahrenden Autos versuchen, Lichtbahnen durch ihre Körper zu legen. Dann bleiben nur das gemeinsame Schweigen und die wenigen Sätze. Und die leichten Gespräche, die plätschern und stehen bleiben und dann an Geschwindigkeit zulegen, von Lachen unterbrochen, von Lächeln gerahmt, das wäre schön, danach sehnte er sich, bis jetzt hatte er an einem solchen Gespräch eigentlich noch nie teilgenommen.

Und er sah die Mutter scheu von der Seite an, sie hat ja auch keine Freundin, mit der sie lacht und sich unterhält, sie hat zwar den Vater, aber auch mit dem redet sie nicht so, wie er sich das vorstellt, aber sie hat ihre Tüchtigkeit und ihren Fleiß. Er hat weder Tüchtigkeit noch Fleiß, da ist er aus der Art geschlagen, er hat keine lachende Leichtigkeit, er hat überhaupt keine besondere Begabung, er hat nur seine Sehnsucht. Er tritt auf die Schatten der Bäume.

Ich hör auf mit dem Klavierspielen, das bringt nichts, ich übe viel zu wenig, es macht mir auch keine Freude.

Aber jetzt hast eh schon zum Ministrieren aufgehört, ich glaub, du solltest ein bißchen warten, jeder hat Zeiten, in denen er weniger gern übt, ich bin dafür, daß du jetzt einmal weitermachst, weiterspielst.

Ich hör auf, Klavier zu spielen. Er ist über die Nachdrücklichkeit erstaunt. Es ist meine Entscheidung.

Er freut sich direkt über sich.

Rede mit dem Papa darüber.

Daheim redet er mit dem Vater, der ihn mit Wehleidigkeit überschüttet. Triefäugiger Schmerz, es ist deine Entscheidung. Es ist meine Entscheidung. Kühle.

Am nächsten Morgen ruft er den Lehrer an und meldet sich ab. Der will die Abmeldung unterm Jahr nicht akzeptieren, doch er argumentiert und feilscht, bis der Hörer naß und der Lehrer überzeugt ist. Er legt den Hörer ab und beginnt leise zu weinen, so erleichtert ist er. Er spielt nie mehr, nicht einmal zu Weihnachten Stille Nacht.

Dafür liest er. Parzifal liest er und Tristan, er tastet sich an Homer heran und an Handke. Vieles läßt er Platz nehmen in sich und, sich ausbreitend und mit anderem verbindend, Neues hervorbringen, bis ein Bild entsteht: Ein Fließen läuft über ein immer feiner werdendes Netz – manchmal sieht er es mit geschlossenen Augen –, über ein Netz mit stets neu sich bildenden Verästelungen läuft dieses Fließen, dessen Richtung und Geschwindigkeit zwar insgesamt nicht vorhersagbar sind, das aber immer einen Bereich überströmt; er nennt ihn sein Lesegefühl: ein Verbeugen, ein Sich-in-einen-Bereich-Hineinstrecken, der ohne diese Bewegung verborgen bliebe – ungefühlt, nicht gedacht.

6.

Er sitzt ganz ruhig in seinem Zimmer und lädt seinen Körper auf und die Luft, die den Körper umstreicht. Und wieder sieht er sich in dem beigen Ohrensessel mit braunen Passepoilewülsten; genoppt ist er, so daß sich das Muster in die Haut drückt, wenn man mit kurzer Hose dort sitzt. Ohren hat der Sessel, aber keine Armlehne, ein Schiff ohne Reling, ein Auto ohne Tür, alles schwankt, und man kämpft gegen die Brandung und um sein Leben, über Bord gespült zu werden, bedeutet den Tod; oder er rast im türlosen Auto, von Mördern verfolgt, und hält sich am Lenkrad und weiß, nur das Umfassen und Führen des Rads und das Drücken der Fußpedale, die er horizontal mit gestreckten Beinen bedient, kann ihn retten.

Dann die Augenblicke, bildlos sinnblitzend. Kein Sehen, kein Hören, kein Denken, nicht Ergriffensein, kein Sein, eher ein Nichtsein, nicht Raum noch Zeit, nicht Anfangen noch Aufhören. Und die Sehnsucht nach diesen Augenblicken: Er sitzt auf dem Stuhl und möchte sterben, vielleicht kann er dann eintreten in den Sinn für immer.

Oder er wiederholt in Gedanken die Erzählung von Samuel, die die Mutter ihm vorgelesen hat. Samuel versah den Dienst des Herrn unter der Aufsicht Elis. In jenen Tagen waren Worte des Herrn selten, Visionen waren nicht häufig. Eines Tages geschah es. Der Herr rief Samuel, und Samuel antwortete: Hier bin ich. Dann lief er zu Eli und sagte: Hier bin ich, du hast mich gerufen. Eli erwiderte: Ich habe dich nicht gerufen. Geh wieder schlafen! Da ging er und legte sich wieder schlafen. Da rief der Herr Samuel ein zweites und drittes Mal, und Samuel sagte jedes Mal diesen Satz zu Eli. Hier bin ich, du hast mich gerufen. Da erkannte Eli, daß der Herr den Knaben gerufen hatte. Geh, leg dich schlafen! Wenn er dich wieder ruft, dann antworte: Rede, Herr, denn dein Diener hört. Und der Herr kam und sprach zu Samuel, und Samuel erkannte den Herrn und antwortete. Und Gott redete in ganz gewöhnlichen Sätzen, und er, Christian Fladerer, war mißtrauisch. Denn es gab diese andere Sprache, das Gewebe der Sinnzeichen. Wenn Gott sich den Menschen mitteilt, warum nicht in einer Sprache, die ihn erkennen ließ? Im bildlosen Blitz, in der Sinnstille. Oder war das, was er erlebte, nicht Gott, sondern eingebildet und ausgedacht?

Eigentlich ist alles beim alten. Seine Zweifel trägt er hätschelnd umher und weiß nicht, gibt es nur die Sprache aus Wörtern und Sätzen, gibt es nur das Denken in dieser Sprache, gibt es ein Ende des Denkens in den Sätzen oder einen Anfang, kann man sich denkend außerhalb dieser Sätze bewegen im Sinnfließen, im Schweben, im Tanz? So viele Jahre älter ist er jetzt und hat nur die Fragen, immer die gleichen und keine Antworten, nicht einmal über die Fragen hat er mit jemandem geredet.

Er wird morgen in den Wald gehen und die Hand an den Stamm der alten Föhre legen, und wenn er das Fließen spürt, wird er sich jemanden suchen, dem er alles sagen wird. Vielleicht geht er etwas früher in die Schule und wartet und weiht den ersten Mitschüler, der ihm begegnet, ein. Es ist zum Lachen, einweihen – noch in den letzten Sprachritzen hockt dieser Hang zum Heiligen, als ob er nicht in dieses Jahrhundert gehörte, als ob er die Zeit verfehlt hätte; es hatte diese Zeit gegeben, in der alles durchwirkt war vom Heiligen, falsch, es hatte die Zeit gegeben, in der das alles durchwirkende Heilige wahrgenommen wurde. Es hatte den Blick für das alles durchwirkende Heilige gegeben. Nicht nur der Blick, alle Sinne waren zum Wahrnehmen des Heiligen befähigt. Die Kraft der Bäume, die Bewegung der Gräser, die Farbe der Blumen, die Grazie der Kräne, die Sinnlinien des Mesners. Und wenn sein Gegenüber fragte, was es mit dem Heiligen auf sich hätte, denn er betrachte auch die Kräne, Gräser und Bäume und nehme die Gräser, Kräne und Bäume auch wahr, er könne ihr Aussehen beschreiben, ohne allerdings jemals wissen zu können, wie die Kräne, Gräser und Bäume tatsächlich existierten. Was sollte er antworten, er würde dastehen und etwas vom Rhythmus erzählen, und der andere würde grinsen: so langsam wie Fladerer, und du halluzinierst sicher. Und das Grinsen der Klasse würde auf ihn zeigen.

Aber wie war es wirklich? War das Heilige ein Gefühl? Oder ein Wissen? Oder eine Wahrnehmung? Wohl am ehesten eine Wahrnehmung, die ein fühlendes Wissen auslöste oder ein wissendes Gefühl. Oder sein Gegenüber würde nicht grinsen und ihn interessiert fragen: Warum, Fladerer, bist du dann, wie du bist, wenn du das Heilige wahrnehmen kannst? Wenn du das Heilige wahrnehmen kannst, dann müßtest du so eine Art Heiliger sein, und ein Heiliger, Fladerer, bist du nicht. Du bist alles, Fladerer, nur kein Heiliger.

Nein, mit dem erstbesten Mitschüler wird er nicht reden; auch nicht mit dem zweitbesten, vielleicht mit den Schwestern, nein, mit den Schwestern auch nicht, wieso auch mit den Schwestern, den Schwestern hatte er überhaupt nichts zu sagen; wenn er seinen Gedanken freien Lauf ließ, fiel ihm allerhand ein, nur nie seine Schwestern. Seine Schwestern wären die letzten, mit denen er über das Heilige reden wollte, sie waren so brav, so tüchtig, so gescheit, so hübsch, einfach die Töchter ihrer Mutter, und er war sperrig, nicht brav, weder tüchtig noch fleißig; gescheit, war er gescheit? Nein wirklich gescheit war er auch nicht, verglich er sich mit den Klassenbesten, und hübsch, nein, hübsch war er eigentlich auch nicht, die Nase war zu groß und ein bißchen schief, sein Mund war schön, wenn er lachte, nur lachte er nie, eigentlich waren die Schwestern, genau betrachtet, auch nicht wirklich hübsch und gescheit – wirklich gescheit waren sie auch nicht, aber fleißig, brav und tüchtig waren sie, das stand fest.

Es wäre gut, wenn er jemanden hätte, mit dem er über das Heilige sprechen könnte.

7.

Er wachte auf, denn er hatte einen Traum, der ihn irritierte, das alles überschwemmende Gefühl der Lust befremdete ihn. Er ging durch eine Gasse und zog einen Topf hinter sich her. In dem Topf saß eine nackte Frau, eine junge hübsche Frau; der Topf war innen gepolstert. Die Frau legte sich zurück und begann ihre Beine zu bewegen. Ein Bein blieb ruhig, und das andere machte kreisförmige Bewegungen, zuerst ganz kleine, immer mit der Innenseite des Oberschenkels den ruhenden streifend, so daß zuerst nur die Schamhaare sichtbar wurden. Wenn er den Topf zog, warum konnte er das so genau beobachten? Oder hatte er das Seil gegen eine Stange ausgetauscht, deren Länge beliebig verstellbar war, und sie an der anderen Seite des Topfes in ein Loch eingelassen? Die Frau ließ die Beine abwechselnd die Kreisbewegungen ausführen, immer ein bißchen größer, den Oberkörper so auf die abgewinkelten Arme gestützt, daß die Hände mit den Brüsten spielen konnten. Er schob den Topf zielstrebig immer belebtere Straßen entlang. Dann blieb er stehen und holte Scheren aus einem mit Plüsch verkleideten Fach. Er zeigte der Frau die Scheren, worauf sie ihre Stellung änderte: Nach einer langsam ausgeführten, großen Kreisbewegung, spreizte sie die Beine. Dann holte sie, die abgewinkelten Unterarme flach auf den Plüsch legend, Schwung und ließ die Beine eine Kerze machen, stützte ihre Hüften mit den Händen, winkelte die Beine locker ab und grätschte sie so weit wie möglich auseinander. Er steckte der Frau die Scheren in die Scheide, schob den Topf noch einige Meter vor sich her und begann zu rufen: Scheren zu verkaufen! Er hörte noch genau seine Stimme, Scheren zu verkaufen! Der Andrang war groß. Die Leute kamen, nahmen die Schere aus der Scheide und begutachteten sie. Einige steckten sie wieder zurück, andere kauften sie. Der Frau machte es unheimlichen Spaß, wenn die Leute die Scheren herausnahmen und wieder hineinsteckten. Auch er freute sich darauf, die verkauften Scheren durch neue, die er aus dem Fach zog, zu ersetzen.

Aus dem Off ertönte eine sanfte Männerstimme, gab Ratschläge, spendete Lob, brav, sagte die Stimme immer wieder, brav.

Dieser Traum beherrschte ihn wochenlang. Immer wieder der gleiche Traum, nur die Details variierten, der Platz war ein anderer, manchmal steckten andere Verkaufsartikel in der Scheide, die Frau nahm andere Stellungen ein.

Einmal sprang er aus dem Traum – statt der sanften Männerstimme war die Stimme der widerlichen Alten, die die Mutter betreute, zu hören.

Brav, brav, wiederholte sie immer wieder, und plötzlich empfand er im Traum ein entsetzliches Schamgefühl, und das Verkaufen machte ihm keinen Spaß mehr.

8.

Er geht in den Wald. Die Sonnenstrahlen fallen flach zwischen den Bäumen auf das Laub. Er geht ganz langsam, wie in einer Prozession geht er. Die feinen Schwingungen der Sonnennester spürt er. Die Äste der jungen Buchen zeichnen horizontale Linien zwischen die Strenge der Stämme, die Strenge ist keine Strenge, sondern eine Regelmäßigkeit, die eine tiefe Verläßlichkeit aussagt; er geht weiter, ewig könnte er gehen, tief atmend, die Füße berühren den Bodem kaum, schwebend wie eine gotische Figur, nicht wie ein Landvermesser, ganz fern ist Kafka, alles ist fern, nah ist nur die Vielstimmigkeit, das Hören und der Versuch, in das fließende Atmen einzustimmen, dieses Schweben mitzuvollziehen. Er ist kein Schuldiger, seine Sehnsucht ist gut. Er weiß sich gesegnet: Es ist gut, daß er ist.

Obwohl er nicht sagen kann, das ist Gott, jedenfalls jener, der in den Kirchen verehrt wird, kein Gott, der sich mir nichts, dir nichts zu Wort meldet, der fordert und droht, sondern einer, der ist – jenseits von gut und böse, weil dieses Sein ganz einfach jenseits von gut und böse ist, gut und böse sind keine Kategorien; deine guten Taten sind keinen Deut wert, und eigentlich können sie auch nicht Voraussetzung sein, denn gut ist er, Christian Fladerer, nicht.

Der Weg wird steiler, die ausgewaschenen Wurzeln liegen da wie gutmütige Schlangen, dazwischen Spreißel, von den Ameisen bewegt; er geht ein wenig schneller, und als er von steilem zu flachem Gelände kantet, sieht er ein Mädchen mit einem Hund. Das Mädchen redet nicht auf den Hund ein, tadelt den Hund auch nicht oder befiehlt ihm etwas, es hockt neben dem Tier und scheint ihm etwas zu erzählen.

Er ist unschlüssig; soll er einfach vorbeigehen und vielleicht etwas hören, das nicht für ihn bestimmt ist, oder soll er sich räuspern und absichtlich auf einen dürren Zweig treten, er könnte noch rasch umdrehen, weder Hund noch Mädchen haben ihn bemerkt. Er könnte auch hallo sagen. Seine Skrupel bringen ihn dem Mädchen immer näher, nein, hallo wird er nicht sagen.

Da hebt es den Kopf und sagt: hallo; hallo, sagt er und bleibt unschlüssig stehen.

Das Mädchen, das bei genauerer Musterung eher eine junge Frau ist, krault den Hals des Hundes, und als er den Bewegungen ihrer Hände folgt, wie sie mit dem Hund Zwiesprache führen, hat er das Bedürfnis, irgend etwas zu sagen, es kann völlig belanglos sein, er möchte nur ihre Hände dazu bringen, den Hund möglichst lang zu kraulen. Über das Wetter, nein, unmöglich, sie glaubt, er spinnt, nicht über das Wetter, vielleicht fragt er nach der Uhrzeit, völlig daneben; er wird sie fragen, welcher Hund das ist, den sie da krault, zwar auch nicht besonders originell, aber die beste der drei Möglichkeiten. Doch schon gleitet es ihr aus dem Mund, gehst du öfter da spazieren?

Nein.

Er will eigentlich sagen, daß er das, was er macht, nicht spazieren nennen wollte, doch er wird es nicht sagen, vielleicht versteht sie es nicht.

Ja, eigentlich schon. Was ist das für ein Hund?

Die Frage ist vernuschelt gestellt, als wolle er sie fressen.

Das ist, ich weiß es nicht genau, der Hund gehört unserem Nachbarn, der ist vor ein paar Monaten gestorben, seine Frau betreut ihn jetzt, und ich geh mit ihm halt oft spazieren, das ist so eine Mischung aus Irish Terrier und Pointer, vielleicht auch ein bißchen Schäfer. Schau sein Gesicht an, als ob es immer lächeln würd, wahrscheinlich ist irgendein Vorfahre ein Beagle.

Sie ist nicht besonders hübsch, etwas mollig, mit Ansatz zum Doppelkinn, die Augen wasserblau, mit Pagenkopf und Wimmerln. Aber etwas Besonderes ist an ihr; ist es die Weichheit des Fettes, nicht direkt schlaff, aber nachgiebig, oder ist es ihre Art zu sprechen, so ganz ohne Widerstand fließt es ihr von den Lippen, so leicht und doch nicht blöd. Soll er noch eine Frage an sie richten?

Doch schon rinnt es weiter aus ihr, schau die Augen an, jetzt sind sie schon fast o. k., aber vor ein paar Tagen haben sie noch getroffen, ich hab sie mit Käsepappeltee ausgewaschen, jetzt sind sie wieder gut; das sagt sie schon nicht mehr zu ihm, sondern zum Hund, außerdem heißt es nicht getroffen, aber sie merkt es nicht, sie hat sich nicht etwa versprochen und wäre peinlich berührt oder wollte den Fehler korrigieren, nein, sie war sich ihrer so sicher, keine sich blähende Selbstsicherheit, eher eine Selbstverständlichkeit. Die Selbstverständlichkeit eines Baumes oder eines Tieres. Für sie war wahrscheinlich jeder Augenblick ein guter Augenblick.

Jetzt wird er weitergehen.

Tschüß, sagt er, die Hände in die Taschen gestopft.

Tschüß, sagt sie, wir könnten morgen zusammen spazierengehen.

Ich weiß nicht, ob ich Zeit habe.

So etwas Blödes, warum soll er keine Zeit haben, er spielt nicht Klavier, hat keine Freunde, lernt kaum.

Gut, dann schau ich morgen einfach bei dir vorbei, wenn du Zeit hast, gehst du mit, und sonst halt nicht. Du wohnst dort in der Siedlung, zweite Reihe, viertes Haus, ich hab dich dort schon öfters gesehen.

O. k., sagt er und trollt sich.

Ganz schnell geht er, so schnell er kann, geht

er, er beginnt zu laufen. Er fühlt sich leicht und denkt an nichts Bestimmtes, Gedankenfetzen tauchen auf und verschwinden, nur einmal, als er an einer Gruppe verkrüppelter Birken vorbeirennt, fühlt er sich an sich erinnert.

9.

Am nächsten Nachmittag sitzt er in seinem Zimmer und liest. Läuten, mütterliches Türöffnen.

Ist Ihr Sohn zu Hause?

Das Ja der Mutter verrät nur Erstaunen, sonst nichts.

Christian!

Komm schon.

Hallo. Hallo.

Hast du Zeit? Eigentlich schon.

Zur Mutter, wir gehen spazieren.

Der Hund zieht an der Leine, als Antwort ihr Kommando bei Fuß, dann etwas weniger streng, bis wir auf der Wiese sind, er weiß nicht, ist er der Adressat oder der Hund. Der Himmel ist blaßblau, Zirruswolken fetzen in großer Geschwindigkeit.

Wie heißt du eigentlich? Er stellt die Frage und wundert sich, denn er hat sie nicht vorbereitet, er hat nur die Schleier da oben sich zerfransen sehen, die Frage ist ihm über die Lippen geplumpst.

Renata.

Und weiter? Auch diese Frage ungemein spontan.

Anger.

Lauter Namen mit a. Ich heiß Christian Fladerer. Sie lacht. Fladerer, hat's bei euch Diebe gegeben unter den Vorfahren?

Er denkt an das gestohlene Buch und zuckt mit den Schultern, weiß nicht.

Sie gehen schon längst über den Wiesenweg, er schaut auf den Hund, dem die Zunge schon weit heraushängt vor lauter Ziehn.

Jetzt könntest du ihn aber frei laufen lassen.

Sie löst die Leine vom Halsband, der Hund jagt davon, zieht einige Kreise und rennt, den Körper von den großen Sätzen gedehnt, auf sie zu und springt an ihr hoch; sie hält den Arm weiter weg. Er versteht das Zeichen und versucht, den Arm, den sie immer wieder hochzieht oder zur Seite ausweichend nach unten tauchen läßt, zu erwischen. Immer, wenn er ihn erwischt und im gespreizten Maul liegen hat, lacht sie laut auf, und er duckt sich ganz eng auf den Boden, bereit zum nächsten Sprung. Dann greift sie nach einem Prügel, der am Weg liegt, hält ihn vor seine Schnauze, holt aus und wirft ihn.

Naja, lachen kann sie besser als werfen, lachen kann sie wirklich, ihr ganzer Körper lacht, es ist ein kehliges Lachen, bis jetzt hat er dieses tiefe Lachen, das sich konzentrisch ausbreitet, dieses vollbusige Schmettern, das einen Fettkranz unter dem Kinn hervorquellen läßt, bei älteren Sängerinnen beobachtet oder bei lebenslustigen Frauen in reiferen Jahren. Bei allen Mißgeschicken hatte er sich dieses Lachen vorgestellt als Alternative zur tragischen Triefäugigkeit des Vaters und zur tragischen Stummheit der Mutter. Ein Lachen, das das mißliche Kleine einfach wegschwemmt, nachdem es das mißliche Kleine als mißliches Kleines entlarvt hat. Etwas, das fortgelacht werden kann.

Die Kälte läßt ihn von einem Fuß auf den anderen treten, die Bewegung begleitet vom Knirschen des gefrorenen Grases: als ob es nicht zerbrochen werden wollte.

Sie wirft den Prügel noch ein paarmal. Als sogar der Hund über die Würfe mißmutig wird, reicht sie ihm den Prügel. Versuch's du. Er holt aus und schleudert den Stecken auf parabolischer Bahn, zwar nicht direkt ins Weltall, doch unheimlich weit. Sie hebt den Kopf, nicht schlecht. Die Anerkennung trifft ihn, es ist lange her, daß er bewundert worden ist: zerbissene Käfer, zerbissene Heuschrecken. Er lächelt sie an, sie beschickt mit ihrem Lachen die Wiese und den angrenzenden Wald. Lacht sie über seine Leistung oder über sein Lächeln? Der Hund rast begeistert auf sie zu, einige Meter vor ihnen bremst er, unschlüssig, wem er den Prügel bringen soll. Schließlich läßt er salomonisch den Stecken zwischen ihnen fallen und bellt. Da nimmt er ihn und schießt ihn voll Kraft fast bis zum Waldrand. Der Hund hetzt dem Geschoß nach, auch sie setzen sich wie abgesprochen in Bewegung – ein langsames Gehen, das Bilder aufsteigen läßt, die er erzählen will. Er hat den Wunsch, aus ihnen Sätze zu formen, Gebilde, von denen er bei Beginn nicht weiß, wie sie enden werden. Die Bilder, die auftauchen, hetzen ihn nicht.

Ich hab immer gern Steine geschossen – geworfen wäre besser, aber es ist nicht mehr zu ändern, ein schneller Blick auf die, die neben ihm geht, sie stößt sich nicht daran, zum Glück –, im Urlaub bin ich auf einer steilen Schotterstraße gestanden und hab versucht, einen Tümpel in zirka vierzig Meter Entfernung zu treffen. Stundenlang, bis der Arm weh getan hat. Die Straße war schmal in den Berg hineingesprengt, nur schwach befahren, das Gelände ist schluchtartig abgefallen. Vor jedem Wurf hab ich schnell geschaut, ob kein Auto kommt, dann drei Schritt Anlauf und das Wegschnellen. Mit der Zeit bekommt man ein sicheres Gefühl für den richtigen Winkel. Und dann hab ich zu Haus auch mit Steinen herumzuwerfen begonnen, bis ich dem Nachbarn die Wohnzimmerfensterscheibe eingeschossen hab.

Und der Nachbar, was hat er gemacht, ich mein, wie hat er reagiert?

Naja, er hat Vorträge gehalten, wie gefährlich das Steinewerfen sei, es ginge gar nicht um ihn persönlich, die Scheibe sei ihm Wurscht, aber es hätte sich ja ein Kind oder er selbst oder seine Frau im Zimmer aufhalten und getroffen werden können.

Und deine Eltern?

Er zuckt mit den Achseln, weiß nicht, nichts Besonderes, sonst könnt ich mich daran erinnern, sie haben darauf bestanden, den Schaden wieder gutzumachen – wir haben da so eine Versicherung.

Sie gehen durch den Wald. Den Hund hat sie an die Leine genommen. Die Füße baggern sich durchs Laub. Er hat schon lang nicht mehr so viel geredet. Sie bleibt stehen und legt die Hand an einen Buchenstamm, eine häßliche Hand, die Fingernägel wie blühende Mondsicheln an dicklichen Fingern. Aber die Bewegung ist schön, wie sie leicht über den Stamm streicht und ihn dann sacht drückt, wie eine vertraute Begrüßung, er will morgen wieder mit ihr spazierengehen, er will mit ihr zusammensein.

Und sie gehen. Am nächsten Tag und am übernächsten und am überübernächsten. Jeden Tag spazieren sie. Renata, der Hund und er. Und jeder Tag wird einen Hahnentritt länger.

Schneelose Kälte krallt sich überall fest. Die erste Station halten sie immer am Bach, um die Glatte, aufgerissen von blitzenden Stäbchen und wulstigen Haufen, anzuschaun. Die dürren Gräser am Ufer tragen ganz unten gefrorene Tropfen. Er schaut sie an, und immer wieder die stumme Frage: Nimmt sie es wahr? Das, was die geknickten Gräser hineinrascheln in ihn? Er sucht nach der Botschaft zwischen den Wörtern, nach einer Art Subtext, der ihm erlauben würde, die Frage an sie zu richten. Einmal, als sie vom Meer erzählte, war er sich bereits sicher, sie kann seine Frage verstehen.

Er war erst einmal am Meer gewesen; öd eingekeilt zwischen verschmierten Leibern, geschnitten von faulendem Seegras und toten Fischen, hatte er sich nach Hause gesehnt.

Sie aber erzählt von Riffen, nackt liegt sie auf ihnen, und der Wind streicht über den Körper. Es ist ein Wind, der alles zu einer Einheit fügt. Dabei hat sie gelacht, der Wind macht dich zu einem Teil in dem Ganzen, du gehörst dazu, zu den Felsen, zum Wasser, zum Himmel. Du liegst auf den Felsen und schaust dir die Tiere an, die ihn behausen, dann drehst du dich auf den Rücken und schaust zum Himmel und hörst das Kolchen und Glucksen und fühlst immer den Wind, der dich den Körper ganz anders spüren läßt, und du liegst und schaust, und dann kommt der Augenblick, wo du meinst, die Zeit hört auf und du schwebst im Wind, der alles rahmt und verbindet. Einmal hat es so stark geregnet, daß von überall her kleine Rinnsale ins Meer geschossen sind, Lehmbrühen, die rötliche Bahnen ins Wasser gezeichnet haben. Das war so schön, daß ich geglaubt hab, ich muß weinen, aber vielleicht war es auch nur deshalb, weil meine Eltern beschlossen haben, noch an diesem Tag abzureisen, weil die Wettervorhersage derart beschissen war.

Was war jetzt? Dieser Aber-vielleicht-war-es-auch-nur-deshalb-Satz, so rasch darangeklebt, so dazugepfuscht, sollte er etwas verbergen, oder gab es nichts zu verbergen – jedenfalls war dieser Satz ein Hemmnis; er verscheuchte die Wörter.

Ein anderes Mal fragt er sie, ob sie in die Kirche ginge. Sie läßt den Hund frei, ihm leicht auf das Hinterteil klopfend, nein, wozu. Wir gehen zweimal im Jahr, zu Weihnachten und am Palmsonntag, früher sind wir am Karsamstag gegangen, das war so quälend, daß wir uns für den Palmsonntag entschieden haben. Jedesmal nach der Messe weiß ich, warum zweimal zuviel sind. Vorne Hokuspokus, hinten die salbungsvollen Blicke einer häßlichen Schar.

Aber schau dir die Leute in der Straßenbahn an, die sind doch genauso häßlich.

Sind sie nicht.

Doch, sind sie, ich betrachte sie jeden Tag.

Sind sie nicht, ich schau sie mir immer an; sie tratschen und lachen, oder sie schaun aus dem Fenster oder bohren in der Nase, manche stieren auch nur vor sich hin, manche versuchen, dich zu fixieren, daß du nicht mehr auskommst. Sie machen nicht alle das gleiche, beuget die Knie, erhebet euch, deshalb sind sie weniger häßlich. Sie holt Luft und singt immer wieder, beuget die Knie, erhebet euch, dabei bläht sie sich auf und streckt mit strenger Miene den Zeigefinger gegen eine unsichtbare Schar, beuget die Knie, erhebet euch!

Er sagt nichts, denkt an den Mesner, der das ganz gleiche tat, aber so anders. Der die geerbte

Bewegung mit Sinn füllen konnte, daß sie seine eigene wurde. Als Sinnzeichen ein Strömen. Und jetzt schweigt er und unternimmt nicht einmal den Versuch, zu erklären, daß nicht alles fauler Zauber ist. Er kann es nicht, er kann es wirklich nicht.

Sie gehen jedesmal die gleiche Strecke, nach der ersten Station am Bach weiter auf einem geschotterten Weg zwischen Wiesen. Dann ein Knick, in dem die Prügelwurfstation liegt. Zuerst tollt sie mit dem Hund, während er einen passenden Stecken sucht, den er dann für den Hund über die Wiese wirft.

Eigentlich müßte die Station Tollprügelwurfstation heißen, erklärt er einmal, worauf sie tiefkehlig lacht.

Am Wald leint sie den Hund wieder an, das Gelände steigt leicht, es ist jenes Wäldchen, in dem er das geklaute Buch versteckt hat; die Stelle liegt weit ab vom Weg. Geschickt, gutes Versteck.

Warum erzähl ich ihr nicht das Wichtige, immer sind es die unwichtigen Dinge; wie in Einsiedegläsern lagert das andere. Er wartet auf ein Signal, ein Geräusch, das ihm das Öffnen der Gläser zeigt. Eigentlich hat sie schon längst begonnen, ihr tief unten Gelagertes herzuzeigen, aber er ist entweder so beeindruckt von dem, was sie präsentiert, oder erkennt erst später, wenn er daheim in seinem Zimmer sitzt und den ganzen Film mit Ton vorbeiziehen läßt, daß er das Geräusch überhört hat. Vielleicht will er es gar nicht hören, er ist ein Scheißer, ein feiger Scheißer.

Sie geht und schaut in den Himmel oder betrachtet die Bäume und erzählt ihm so selbstverständlich, als redete sie über das Wetter, von den persönlichsten Dingen. Wie sie da Sachen erzählt, die er für die Ewigkeit versenkt hätte. Sie war anders. Wie sie ihn angeschaut und gefragt hat, ob er schon mit einer geschlafen hätte. Nein? Nicht hämisch, nicht schmutzig, vielleicht ein bißchen erstaunt, kein Spott. Er hörte sich ihr Nein, das er sorgfältig, immer abberufbar, aufhob, oft an. Kein Anflug von Spott, keine Ironie. Ironie war ihr fremd, er hatte noch keinen ironischen Ton von ihr gehört.

Meine Oma hat eine Villa in der Schubertstraße. Wie sie Orte nannte, ohne Widerstand. In der Schubertstraße. Mit einem verwilderten Park. Dort hat sie ein Holzhaus für die Enkel aufstellen lassen. Das war unser Platz. Wir haben gespielt und gespielt. Die Nachbarskinder sind jedesmal gekommen. Mit dreizehn war ich dann ein paar Wochen bei der Oma, weil meine Eltern nach Amerika geflogen sind. Stundenlang bin ich damals in dem Holzhaus mit Küche und Bett und Bücherecke und Spielzeugtruhe gewesen. Da hat mich ein Nachbar besucht, zuerst hat er mir allerhand erzählt, und dann hat er mich gefragt, ob ich ihm meine Muschi zeige. Er hat sie gestreichelt.

Sofort hat er den tragischen Blick aufgesetzt, ganz der Vater: so ein Schwein. Sie aber breitet die Chronologie weiter aus, ein zweiter, nicht in der Gartenhütte, sondern in der Kabine im Schwimmbad, wo sie ihre Muschis wuschen. Dann ein Doktorspiel und schließlich der Geschlechtsverkehr, ob ein neuer auf den Plan getreten war oder der Wäscher oder der Doktor am Werk war, bekam er nicht mit, auch wagte er nicht nachzufragen. Er war so geschlagen von ihrer Selbstverständlichkeit – als ob sie über irgend etwas erzählte, über Filme oder Bücher oder über Mehlspeisrezepte. Die Warnungen der Eltern, nicht mitgehen, sich nicht einlassen mit Unbekannten, Gefahr in Verzug, Lustmörder, seelisch kaputte Menschen, Ekelgefühle, Opfer eines Perversen. Und sie. Und er voll zitternder Scheu.

Dann wieder berichten sie von Träumen, erzählen die frühesten, an die sie sich erinnern können.

Sie: Zwei Verliebte gehen und schmusen. Sie kommen an einen zugefrorenen See. Der Mann hat Schlittschuhe und einen Sack. Er zieht die Schlittschuhe an und steckt die Frau in den Sack und läuft mit ihr über den See. Im Inneren des Sackes sind lauter rosa Sternchen, sie ist dort und fühlt, daß die Bewegungen des Mannes sie fliegen machen. Es ist schön.

Er: Ich bin bei meiner Großmutter. Im vierten Stock. Es läutet. Ich laufe zur Tür und öffne.

Feuer schlägt mir entgegen. Alles verbrennt, nur ich kann mich klein machen und um mich eine Blase wachsen lassen, in der ich zwischen den Treppenläufen nach unten schwebe.

Er liegt auf dem Bett und läßt Gedankenbilder steigen. Alles ist einfach für sie. Wenn sie geht, dann geht sie, sie denkt nicht ans Gehen, sie spürt sich als Gehende. Kein Sinnkrampfen, alles ist Sinn. Und jeder ist, wie er ist. Nicht gut, nicht schlecht. Sie ist auch, wie sie ist. Sie ist zufrieden mit sich, keine satte Zufriedenheit, keine Penetranz, Kühe, großäugig und strahlend im warmen Braun, das Braun junger Steinpilze, er hat die Farbe ganz klar, ein samtenes Braun, das weichste vorstellbare Braun; bevor er den Pilz abschneidet, hält er immer inne am Braun.

Die Mutter mag sie nicht. Mißmut. Verachtung. Ärger. Wut. Alles zusammen, vor allem aber das andere, das droht. Das Leben als Schmatzbewegung, als perfider Genuß. Die genießt ihr Leben. Schamlos. An der Schamlosigkeit stößt sie sich wund. Wie konnte da eine einfach kommen und sich nicht plagen, nicht das Beste geben, sich nicht abmühen an der Welt, um sie besser zu machen.

Kein Schnee, nur Kälte und Tage, an denen sie nicht spazierengingen. Der Hund war weg, also fehlte der Grund. Dann Regen, und sie: Himmel, Arsch und Zwirn, es soll endlich Frühling werden.

10.

Und es wurde Frühling. Sie war einmal bei ihm zu Hause, wo er fast erstickt wäre an der fehlenden Musik. Keine Platten, nicht einmal Kassetten hat er sich überspielt.

Magst du Musik nicht?

Doch.

Schweigen, bevor er sich zum Geständnis aufrafft, eigentlich lese ich lieber.

Aber man kann doch beides, lesen und Musik hören.

Er zuckt die Achseln. Soll er ihr sagen, daß die Bilder ihn jagen und daß er, entwischt er ihnen manchmal oder lassen sie ab von ihm, die Suche nach dem Heiligen aufnimmt? Oder daß das Häßliche ihn anspringt und festnagelt?

Du mußt zu mir kommen. Ich hab viele Platten und Kassetten. Die hören wir dann gemeinsam.

Sie wohnt in einem Einfamilienhaus. Welleternit auf dem Dach. Wagenräder neben dem Eingang, das Vorhaus Eiche rustikal, die Küche Eiche rustikal mit Dekor, die Ornamente geschwärzt, er atmet ganz flach, das Wohnzimmer Eiche hell: eine Vitrine in der Ecke, aus Eiche mit Glasfront, durch das Zwiebelmuster schimmert.

Die Garnitur Plüsch oder ein ähnliches Material, jedenfalls glänzend mit Blümchen, blau auf grün und neu erstanden, zumindest als wertvoll eingestuft: Kunststoffdecken sind auf die Sitzflächen gebreitet. An der Wand seufzen die Urlaubsbilder: Bibione, Caorle, Grado und einmal Rovinj und jede Menge – eigentlich sind es nur fünf – Stilleben: Blumen, Früchte, Früchte, Blumen, Schinken. Der Teppich, Plastikvelours pflegeleicht, es rankt wild. Der Couchtisch aus bläulichem Marmor mit Eichenfüßen für die Ewigkeit.

Dann, nach viel Schweigen seinerseits und vielen einführenden Worten ihrerseits, die Treppe – Eiche massiv – nach oben. Sie öffnet die Zimmertür – Plastikeiche –, und sofort fallen ihm ihre Fingernägel ein: blühende Mondsicheln an dicklichen Fingern. Die haben hier Pate gestanden, ohne Zweifel. Er geht zum Regal und schaut sich die Bücher an.

Alles Edelkitsch, sagt sie.

Alles Schund, denkt er und lächelt sie an.

Schau. In der Ecke ein Musikturm mit einem Riesenfach für Platten, beinahe voll, mindestens fünfzig. Wie ein Altar.

Jetzt leg deine Lieblingsplatte auf.

Warte, gleich, mach's dir gemütlich. Ich hol nur was.

Er hört ihre Schritte und setzt sich in ein Zweiersofa gegenüber dem Musikaltar. Daneben eine Stehlampe mit mächtigem Schirm, bestückt mit gepreßten Blumen und Gräsern und Schmetterlingen. Um die Ecke ihr Bett, wahrscheinlich mit Bettzeugraum ausgestattet. Glanzdekor, das gut zum Plastikveloursteppich im Wohnzimmer passen würde, wahrscheinlich gemeinsam erstanden. Überall an der Wand Posters von Pop- und Rockgrößen, die er nicht kennt.

Er hört sie in der Küche hantieren, dann das Absetzen der Füße auf der Stiege. Vor dem Fenster ein Schreibtisch mit Clown und Schwein zwischen Heften und Büchern. Daneben ein weißer Kasten.

Sie steht in der Türöffnung mit einem Tablett.

Campari Orange, Goldfischli mit Sesam und Snips. Alles vom Hofer.

Wollte sie damit andeuten, daß sie sich seinetwegen nicht in Unkosten gestürzt hatte, oder war da eine andere Botschaft, die er nicht entschlüsseln konnte?

Sie stellt das Tablett auf ein wackeliges Tischchen zwischen Zweiersofa und Bett. Dann legt sie die Platte auf, eine schöne Bewegung inmitten der Häßlichkeit: das Hundestreicheln taucht auf, das Berühren des Baumstammes, das Hochziehen und Abtauchen des Armes, wenn sie mit dem Hund tollt.

Sie setzt sich auf das Bett, rutscht mit dem Hintern bis an die Wand, verschränkt die Beine und singt mit. I heard he sang, a good song. I heard he had a style. And so I came to see him and listen for a while. And there he was this strange boy a stranger to my eyes. Er heftet den Blick auf sie, sie ist schön; wenn sie singt, ist sie schön, sie singt erdig, das Singen hat mit ihrem Lachen zu tun. Und mit ihren Bewegungen. Strumming my pain with his fingers. Singing my life with his words. Killing me softly with his song, killing me softly with his song. Telling my whole life with his words. Killing me softly with his song.

Sie füllt den Raum. Jetzt wird sie bald aufstehen, oben an der Decke ist noch ein wenig Platz. Schön ist sie, sie hört zu singen auf und bewegt sich leicht, Gott, wenn er dort säße, wär es ein bloßes Herumgewackle, aber sie läßt sich vom Raum berühren, der Raum ist voll Musik und bewegt sie, dann setzt sie ein, killing me softly with his song, killing me softly with his song. Telling my whole life with his words, killing me softly with his song.

Sie steht auf und legt eine andere Platte auf. Ein ordentlicher Schluck Campari. Das Knirschen der Fische. Die Töne und in der Höhe die Arme der Kräne. Sinnketten.

Er geht oft zu ihr. Er will sie nicht zu sich einladen, die Mutter mag sie nicht.

In welche Schule geht sie?

Sie ist sitzengeblieben?

Was machen ihre Eltern?

Die verhungert so schnell nicht.

Ein bißchen oberflächlich.

Lacht aber sehr laut.

Hat sie nichts zu tun?

Mußt du jeden Tag wegrennen?

Die Sätze sirren, ohne daß er sie erschlagen kann.

11.

Die Leichtigkeit in den Nischen und die Intervalle im Stechschritt. Kein Schmerz beim Marschieren, kein Widerstand. Nur Taubheit und der kürzeste Weg von einer Nische zur nächsten.

In den Nischen ihr Körper. Wie in der Sixtina. Ihr Körper und er oder ihr Körper und sein Körper?

Manchmal, wenn er sich durch den Tag sticht, schwappen die Gedanken, und sein Glied wird hart. Sie trinkt sein Glied leer und richtet es wieder auf. Die Zunge breit und satt an den Beugen, breit und satt an den Hoden, breit und satt am Glied, dann steifer und spitz, stoßend und drängend, dazwischen die Saugbewegungen und der Zeigefinger hinten im Loch. Er holt sich ihr Geschlecht, seine Zunge zuckt die Schenkel entlang in die Scheide. Er wandert über den Körper zu den Brüsten. Die Zunge rotiert, dann streicht sie groß und flach über die Warzen, Saugbewegungen. Jeder Teil zuckt und weiß, was er tut. Lust rieselt vom Glied über das Becken die Oberarme und Schultern entlang, dann brennt der Körper. Bis zur Erschöpfung bläst sie ihn steif. Immer und immer wieder. Sein Körper belegt alles mit Unwichtigkeit. Der Hund wird unwichtig und die Fragen und die Mutter.

Er führt eine Nischenexistenz. Die siebente Klasse schließt er ab, gar nicht so schlecht, weil er sich gegen den Rhythmus nicht wehrt und keine Fragen stellt. Die Selbstverständlichkeit netzt alles aus, nur die Distanz zwischen den Nischen muß kurz sein. Die kürzeste Distanz ist der Maßstab.

12.

Er informiert die Eltern, daß er mit Renata auf ein Jugendlager fahren wird. Er ist immun gegen Trauer und Triefäugigkeit, die Vorwürfe zerschellen, er spürt seinen Körper, die Haut ist gespannt.

Sie treffen sich am Hauptbahnhof. Zwischen den Autos ihr Kopf, die Arme gehoben, die Brüste wirken noch größer durch die Träger des Rucksacks. In der Halle neben den Blumen die Gruppe. Einen kennt er vom Sehen, die anderen Gesichter sind neu.

Hallo, Christian. Er gibt jedem die Hand. Die anderen hageln ihre Namen.

Er zielt und trifft vierzehnmal die Pupillen und den richtigen Ton. Eine schwitzende Leichtigkeit.

Einer kommt vom Fahrkartenschalter direkt auf sie zu. Was heißt kommt auf sie zu? Durchmißt den Saal und sprüht Gefälligkeit auf Bumerangbahnen. Raumgreifend. Unser Führer, sagt das Mädchen neben ihm.

Er, heißt er Adolf?

Alle lachen, obwohl er dem Mädchen das „Unser Führer“ heraussätzen wollte.

Der Führer grinst mit hängenden Lidern wie ein alter Dackel, obwohl er nicht alt ist, vielleicht vier, fünf Jahre älter als er. Eigentlich sind nur die Lider dackelartig, nicht aber die Augäpfel, die wölben sich beim Dackel konvex, seine sitzen plan in den Höhlen; mit Heringen könnte man die Lider zurückspannen. Auf dem Kopf eine Matte. Seine Tante hat eine ähnliche im Bad, schnelltrocknend und pflegeleicht.

Hallo, Christian Fladerer.

Servus, Gottfried Hofer, eine ruckartige Bewegung in Richtung Gruppe, die nennen mich Gottl. Wie soll ich dich nennen?

Er kann es nicht fassen. So ein unsympathischer Mensch. Seine Pupillen zittern Abneigung, ich heiß Christian.

Gottls Schultern zucken ein Selbst-Schuld, o.k., wenn du nicht anders willst, sein Mund spuckt ein Gut. Mit dem Blick auf die Liste, na, dann sind wir komplett, setzen wir uns in Bewegung.

Er wartet, bis sich die Gruppe ein paar Meter entfernt hat, und berührt Renata am Arm, was ist das für ein Kerl?

Der ist nett, ich war mit ihm schon zweimal auf Lager, der ist in Ordnung.

Das kann ja heiter werden, Gottl, der Führer, mit seiner Meute, selbst Renata ist mit von der Partie. Und er.

Du bist schon komisch. Jetzt hast du genau sechs Wörter zu ihm gesagt, bei Gott nicht besonders freundlich, er hat acht Wörter geantwortet, und du benimmst dich, als ob er dich weiß Gott wie beleidigt hat.

Laß Gott aus dem Spiel, oder inspiriert dich der Gottl?

Sie zuckt die Schultern, wenn du nicht anders willst, dann bitte.

Ja, sie war ganz klar auf der anderen Seite. Er ging schneller, um die Gruppe einzuholen, am Zeitungskiosk und am Süßigkeitenstand vorbei, Renata spürte er dicht hinter sich. Sein Glied bezieht Stellung, drohend und groß. Die Stiegen hinunter, links die Stiegen hinauf, den Bahnsteig entlang, der Zug steht schon dort, er schwingt sich als vorletzter hinein. Es stinkt nach Pisse, die Schwingtür fängt er mit der Schulter ab und stößt sie auf. Als er sich kurz umdreht, sieht er Renatas Handfläche am Glas, er sucht ihren Blick und lächelt sie an. Sie lächelt zurück, und er ist dankbar dafür. Den Rucksack hievt er ins Gepäcknetz, dann ist er Renata behilflich. Im Abteil ist nur ein Platz.

Setz dich nur hin, ich find schon einen Platz, sagt sie schnell und ist weg. Er wirft einen Blick auf seine drei Mitpassagiere und weiß, warum Renata so schnell abgerissen ist, alle so farblos wie er, von denen kann sicher keiner singen oder Witze erzählen oder gaudig sein. Gaudig war ihr Lieblingswort: a Gaude haben, gaudig sein, gaudig ausschaun. Besser ficken kann er wahrscheinlich als die farblosen drei, aber das hat sie ihm beigebracht, er war zwar gelehrig, aber was weiß man, vielleicht waren die noch begabtere Schüler als er, vielleicht ficken alle Farblosen gut.

Satzfetzen und Lachstücke schwirren durch die offenen Abteile; als er aus dem Fenster schaut, bemerkt er, daß der Zug anfährt, ganz sachte, vorbei an Winkenden, Lachenden und Traurigen, vorbei an Säulen, die bald zu fliegen beginnen. Als der Zug, schneller werdend, sein Rattern als Rhythmus verkündet, hängt sich daran ein kleiner Satz, ein zäher kleiner Aussagesatz, der sich immer und immer wieder unter das Rattern hakt: Farblose ficken famos. Farblose ficken famos. Um den Satz zu verscheuchen, Farblose ficken famos, die Frage, Farblose ficken famos, kennt einer von euch die Hütte?

Nein, nur Renata kennt sie und Gregor, die waren schon mit. Du gehst mit Renata?

Ja, antwortet er und spürt es heiß aufsteigen. Ging er mit ihr, oder fickten sie, was das Zeug hielt, sie hatten ja nicht viel zu reden miteinander; über Hunde wurde er unterrichtet, gute Fragen in diesem Zusammenhang belohnte sie mit gutem Sex. Musik hörten sie schweigend, eigentlich schwieg er, sie sang zu den Platten, und er beobachtete sie; beim Spazierengehen erzählte sie die kleinen Geschichten aus der Schule, die in der letzten Reihe hat sich die Haare schneiden lassen und sieht toll aus, obwohl sie die einzige in der

Klasse ist, der die neue Frisur gefällt, der Mathematikprofessor hat mit der Turnerin etwas, stell dir vor, Sex mit einem Mathematiker, ist doch die reinste Strafe, und wieder ihr Lachen wie Wetterleuchten, und die Berichte von der Kleinkariertheit ihres Vaters, der die Mutter ständig schikaniert, obwohl sie mehr verdient als er und noch den Haushalt führt, das Essen war immer zu kalt, zu warm, zu salzig, zu lind, und immer der demütige Mutterblick, der sich für alles entschuldigt und alles besser machen will. Und sie dazwischen, sie hat den Vater gern, er ist ein Spinner und ein Patriarch, aber sie mag ihn trotzdem, nur das Herumschaffen mit der Mutter reibt sie auf, dann sagt sie halt jedesmal was, und immer entsteht ein Streit, und die Mutter schaut nicht nur demütig und pflichtschuldig, sondern auch vorwurfsvoll.

Und bei ihm? Wie ist es bei dir zu Hause? Die Frage hatte ihn überfallen. Er hatte nie darüber nachgedacht, eigentlich bin ich schon ausgezogen, hatte er geantwortet, oder noch nie eingezogen, es ist mir ziemlich egal, wie's daheim läuft, ich hab mein Zimmer, und die Mutter kocht und macht die Wäsche, manchmal mäh ich den Rasen und helf ihr beim Abtrocknen, aber im großen und ganzen hab ich nicht viel mit ihr zu tun.

Und der Vater?

Der Vater, er hatte überlegen müssen, es war ihm nichts eingefallen, nichts Markantes, der Vater ist so gut wie nie zu Haus.

Und die Schwestern?

Die sind mir im Prinzip fremd.

Er hatte es so hingesagt, und noch während er redete, wußte er, daß alles gelogen war. Nicht wirklich gelogen, aber so faul hingesagt, so irgendwie, und die Bilder, die die Mutter ganz nah zeigten, begannen zu klagen. Es war keine Anklage, es war Klage. Warum versuchte er nicht, das zu erzählen, was wahr war? Nicht ewig wahr, aber für den Augenblick das Wahre, der Versuch, sein Verhältnis zur Mutter zu beschreiben, ihre Sucht, brav zu sein, und ihre Suche nach dem anderen, die er nur ahnte, ihre Sehnsucht und ihre leise Trauer über den Stechschritt, den sie als Rhythmus akzeptiert hatte.

Und der Vater, über den Vater wußte er wirklich nichts, nur die Bewegung, mit der er die kleinen Dinge zeigte, ruhte in ihm als Geschenk, sonst war da nur seine Gereiztheit und eine leise Verachtung, ja, da war eine Verachtung, mit Verachtung begegnete die Mutter der väterlichen Gereiztheit.

Sie sagte fast nie etwas, nur einmal, als sie wegfahren wollten und der Autoschlüssel nicht zu finden war und Vater weinerlich tobte und der Mutter drohte, da war diese Spannung in ihrem Gesicht, die die Augen kleiner werden ließ, viele kleine Fältchen unter den inneren Augenwinkeln, wenn sie im Licht stand, und eine feindselige Bewegungslosigkeit.

Das hatte er alles nicht gesagt, dafür hatten sie sich über den Hund, der, streng an der Leine geführt, vorübertrottete, unterhalten; er hatte sich in diesen Hundedialog förmlich geflüchtet.

Wiesen, Häuser, Stromleitungen, Bäume wurden in rasender Bewegung vorbeigezogen.

Was machst du? Er dreht den Kopf in Richtung Schallquelle. Ich? Ich gehe in die Schule, komm jetzt in die Achte. Und du? Der Farblose, ein Mensch von durchschnittlicher Häßlichkeit, ich bin auch in die Siebente gegangen und besuch sie noch einmal, hat mir so gut gefallen, der Lateiner hat mich nicht mögen und die Sprache auch nicht. Aber ich wechsle die Schule, nehm jetzt das kleine Latein, da spiel ich mich, hast du das kleine oder das große?

Das große und Altgriechisch.

Und wie gefällt's dir?

Du, ich find's ganz interessant, vor allem tu ich mir leichter damit als mit den lebenden Sprachen. Englisch geht gerade noch, aber Französisch, da hätt ich sicher Schwierigkeiten.

Sie plaudern, und er quält sich ab mit der Leichtigkeit. Zwischen ihrem Gerede tänzeln Lachen und leichte Wörter und Kampfspielsätze, und Renata mischt mit. Jeder ergattert sich einen Platz; die Farblosen werden die hinteren Ränge bekommen, nur er wird steif stehen, nein danke, da tut er nicht mit. Einer beginnt auf der Gitarre zu spielen, und Renata, wart, ich komm zu euch.

Aufstehen und Anstoßen und Schritte und Hinsetzen. Im Zug haben alle Geräusche etwas Klatschendes, und dann beginnt sie zu singen, und er sieht die Anerkennung in den Augen gegenüber. Der Zug wird langsamer, ein Ruck, bevor er endgültig steht. Der Nachbar steht auf und klappt das Fenster hinunter, ein Bahnhof wie im Spielzeugkasten, die Bewölkung reißt auf und gibt Blau frei. Leute gehen mit Koffern und Taschen über die Schienen, angewinkelte Ellbogen und die Blicke an den Boden geheftet. Ein Klotz in der Mitte und niedere Klötze zur Seite, ein Hang zu Symmetrie, deshalb kann man Bahnhöfe so gut mit Bausteinen bauen. Er steht auch auf und stellt sich ans Fenster, die Ellbogen aufgestützt, viel Feuchtigkeit in der Luft, der Wind bringt die Blätter der jungen Bäume zum Rieseln, aus den Fenstern ragen Köpfe und Gelächter.

Anfahren, Zuklappen, Hinsetzen. Das Rattern schaukelt die Müdigkeit und rückt alles ins andere Lot: Renatas Lachen zeigt nicht auf seine Farblosigkeit, sondern füllt als Gemeingut den ganzen Waggon. Gottls Sätze verlieren die Widerhaken, obwohl sie ihm schmelzkäseartig auf der Zunge zergehen; das Rattern schaukelt die Müdigkeit. Die Schultern lehnen ohne Spannung am Sitz, als ob sie wachsen würden, den Kopf beutelt es, dann kippt er nach vor. Obwohl er merkt, daß er lächerlich wirkt, tut es nicht weh, und er bleibt in den Dämmer gehüllt, der ihn das Gehen neu lehrt, ohne Geräusch und fast ohne Anziehung, als wär die Erde auf Mondgröße geschrumpft.

Da wächst eine Gangflucht; durch die muß er durch, er schaut nach links und rechts und merkt, daß es kein Gang ist, sondern eine Flucht verschiedener Zimmer, durch enge Türen getrennt; da reicht ihm einer ein Kind, ein Neugeborenes, er winkelt die Ellbogen ab und hält es. In den Arm hineinbergen will er es, doch so sehr er sich müht, der Kopf ragt über die Bettstatt hinaus, er wirft einen Blick auf die Tür, und plötzlich fällt ihm ein, warum er sich anstrengt, den Kopf zu bergen: die Enge. Er hat das Kind heil durch die Öffnung gebracht, doch die nächste Tür ist noch enger, und der Kopf, der zerbrechliche Kopf, dieser Kinderkopf wird dort anschlagen. Er hat keine Wahl, er geht nicht mehr selbst, seine Füße sind an ein Band geklebt, das ihn unerbittlich gegen die Türe bewegt, der Kopf schlägt an den Türstock, das Band wird schneller, schon stößt der Kopf gegen den nächsten Stock, dann hört er nur noch das Schlagen. Wieder steht einer da und nimmt ihm das Kind mit dem klaffenden Schädel, er hebt seinen Blick, ein riesiger Raum mit einer Kette von Menschen, die diagonal nach hinten läuft. Das Kind wird wortlos von einem zum anderen gereicht; auf der anderen Seite eine zweite Menschenkette, die ein Bündel nach vorn weiterreicht, wieder bekommt er ein Kind in den Arm gelegt, er will es nicht nehmen, er wehrt sich, doch im

Grund weiß er um den unerbittlichen Zwang. Er wird das Kind nehmen und seinen Schädel aufschlagen, dann wird er das nächste nehmen und immer weiter. Es soll dunkel werden, bitte, es soll finster werden, bitte bitte.

Er fährt auf und sieht Renatas Gesicht ganz nah, sie küßt ihn auf die Wange: He, aufwachen, wir sind gleich da; er öffnet die Augen, die haben die Plätze getauscht, Renata sitzt neben ihm und gegenüber der Gottl. Scheiße, ich hab schlecht geträumt, sagt er und wischt sich den Speichel aus dem Gesicht.

Was?

Warte, sagt er, ich hab noch nicht alles beisammen, gleich, ich hab noch nie so was Schiaches geträumt.

Geht's? Der Gottl hat ihm die Hand aufs Knie gelegt und schaut ihn an, ein kleines Lächeln in den dackellidrigen Augen.

Danke, sagt er und spürt, daß der Gottl nicht ganz selbstverliebt ist. Ein bißchen sticht die Erkenntnis.

13.

Er lernt. Sein Körper und er, jede Faser. Er wird geliebt, die Landschaft liebt ihn, zärtlich entfernen die Mulden und Hügel das Spitze und Kantige. Das Kar liegt vor ihm, dreiseitig geborgen von Bergrücken, gegen Osten breit auslaufend. Ohne Anstrengung, ohne Bemühen nimmt ihn der Fleck auf, kein Eignungstest, keine Prüfung, nicht Gewinn noch Verlust, kein Bestehen, kein Versagen, nur die Selbstverständlichkeit. Er ist aufgenommen. Er muß nichts beitragen, es ist auch kein Geschenk. Nur Sein. Die Vielstimmigkeit und die Güte.

Er sitzt unter der alten Zirbe, der Stamm zottig, jede Nadel heiliggesprochen; er kann sitzen bleiben, obwohl ihn die Kraft durchbebt, er muß nicht wegrennen, die Zirbe kann den Sinn hineinsingen in ihn; er hat seine Haut durchlässig gemacht. Er schaut über den Talboden, der sich in Wellen bewegt, grasüberzogen, stupfiges Berggras, die Felsen mit Flechtenbezug und überall bunte Blumenpunkte; dort an der anderen Seite der Bach, er hat sich nicht eingeschnitten, sondern mäandert dahin, zuerst durch sumpfige Stellen, dann rauscht er stärker abfallend, immer wieder innehaltend. Kein Schnitt ist der Bach, sondern ein Band. Die großen Ameisen steigen ihm über die Füße, und die abgefallenen Nadeln haben Muster in die Handteller geprägt, immer zwei Linien, die von einem Punkt aus in verschiedenen Winkeln auseinanderlaufen. Er schaut sie an, steht auf und breitet die Arme aus. Er spürt seinen Atem; wie er die Luftröhre hinunterstreicht und hinauf, dann ändert er oder der Baum oder die Landschaft den Rhythmus, das Einatmen wird leicht, die Betonung liegt auf dem Ausströmen: Er atmet sich aus, den ganzen Krampf hängt er an dieses Strömen, bis er leicht ist. Er steht auf und meint schwebend über allem den Segen aussprechen zu können. Und dieser sein Segen hat Kraft, er würde die Trauernden trösten und die Kranken heilen, solche Kraft hätte er, wenn er so stehen bliebe unter dem Baum in dieser Landschaft. Die Haltung ist keine Anmaßung, sondern ganz natürlich, weil er nicht größer wird, sondern durchlässig, weil er den Segen durchfließen läßt durch sich. Das Fließen ist keine Bewegung, das Fließen ist außerhalb von Raum und Zeit, das Fließen ist Stille und Nicht-Sein und Sein, so wie die Aura des Baumes spürbar ist nicht als Bewegung, eher als Strahlen. Er hört auf, Worte für diesen Sinn zu suchen, er bleibt stehen – lange – mit der Selbstverständlichkeit eines Baumes.

Die anderen schreien ihn an die Oberfläche zurück, seinen Namen rufen sie, verschiedene

Stimmen und Pfiffe dazwischen. Fast mechanisch setzt er sich in Bewegung, sie suchen ihn, er wird sich unter sie mischen, sie werden fragen, wo er so lange gewesen sei, und er wird sagen, eingeschlafen bin ich unter der Zirbe. Der Steig ist gepolstert mit kurzgetretenem Gras, die Buckel daneben sind blütendurchsternt. Er steigt über einen Stacheldrahtzaun und springt über eine Lache.

Wo warst du so lange, wir warten mit dem Essen auf dich.

Ich bin eingeschlafen, tut mir leid, grinst er zurück. Er muß den Kopf senken, damit er nicht an den Türstock zwischen Küche und Aufenthaltsraum schlägt, richtig dunkel wirkt der Raum mit zwei großen Tischen, nur die Suppenteller beißen ihr Weiß in den Raum.

Alle setzen sich, und Gottl schleppt einen dampfenden Topf herein, dahinter ein Mädchen, er hat ihren Namen vergessen, Carina oder Kathrin oder so; die Haare trägt sie ganz kurz, die Nase spannt sich aus dem Gesicht, zum Absprung bereit, sie schwingt einen Riesenschöpflöffel, Bergsteigersuppe, Bergsteigersuppe mit Frankfurter, ein Paar pro Kopf, Brot muß geholt werden, im Vorratsschrank draußen. Der Topf steht auf dem Tisch, Renata hat den Schöpfer genommen und steht füllig da. Wieder staunt er über die Schönheit ihrer Bewegungen, wie sie in den Topf fährt und den Arm hebt und wieder bis knapp über den Teller sinken läßt und in leichter Drehung den Schöpfer kippt. Alles ohne Hast, mit einer Hingebung – wie ein spielendes Kind.

Bevor sie zu essen beginnen, macht er ein Kreuz, berührt betont beiläufig die Stirn und fährt bis zur Brustmitte, dann zeichnet er eine Linie von einer Achsel zur anderen. Ihre Blicke messen ihn, zerzausen sein Zeichen. Ein Aufmerken verspreizt das Kreuzzeichen mit ihm. Renata steht da und erdet die Spannung: bon appetit. Fast alle zerschneiden zuerst schweigend das Würstel und legen das Messer zur Seite, dann beginnen die leichten Sätze zu schwirren; Renata und Gottl beherrschen das Spiel, locker werfen sie einander die Wortreihen zu und zelebrieren die Zweideutigkeit. Die Suppe schmeckt gut, er hebt den Kopf und sieht die Spur zwischen Renata und Gottl. Die passen zusammen, seine Finger sind ein bißchen kurz, auch Renatas Hände sind klein, da ist nicht das Taumeln von einer Nische zur nächsten, da wird der Tanzschritt sein, der Girlanden spannt. Da fällt nichts auseinander, da ist ein Wetterleuchten die Satzketten entlang. Sein Glied wird hart – er will mit ihr schlafen – und zieht die Bilder herauf. Er mit ihr unter dem Baum. Er wird es tun. Er wird mit ihr schlafen.

Christian Fladerer, du wäschst ab, sagt das Mädchen, das den Schöpflöffel brachte. Die anderen Teller sind bereits leer, du hast's aber eilig, sagt er und schiebt sich den Löffel hinein, o. k., ich wasch ab, aber ich brauch Assistenz, hübsche Assistenz, nicht den Gottl. Der Gottl grinst, er schaut die anderen an. Ob sie merken, wie schlecht der Satz zu ihm paßt? Das Mädchen zeigt ihm, wie man das Spülbecken reinigt, dann schüttet er Wasser aus dem großen Topf, der wie ein Mahnmal auf dem Tischherd thront; Renata öffnet das Türl und schiebt hockend einige Scheiter hinein.

Du bleibst stehen und wäschst ab, was das Zeug hält, ich geb dir die Teller und schwemm sie, die Hannah trocknet ab.

Heißt du Carina oder Kathrin?

Kathrin.

Sie reicht ihm die Teller, und er wäscht ab, so schnell er kann.

Mit dem Rucksack, er hat ihn bei der Ankunft vor die Hütte gelegt, steigt er in den Schlafsaal hinauf. Die Holztreppe verwandelt jedes Geräusch in ein Poltern; egal, wie man auftritt, es poltert, nur die Lautstärke variiert. Den Rucksack lehnt er an eines der Betten, den Schlafsack zieht er aus der Hülle und legt ihn auf die Matratze. Dämmer liegt im Raum und verstärkt die Gerüche. Vielarmig kriecht Schweiß und stößt nur ganz leicht Waschpulver und Duschgelsüße.

Die Daumen stecken in den hinteren Taschen, die restlichen Finger stützen sich auf die Gesäßbacken. So steht er am Fenster, langsam von den Ballen auf die Fersen rollend, hin und zurück. Und hin und zurück. Die Sonne bündelt die Strahlen und wirft sie, alles vergoldend, flach hinter den

Wolken hervor. Man kann das nicht ungestraft abmalen oder fotografieren, jeder Versuch vorlauter Nähe wird mit Mißlingen bestraft, das kannst du nicht ablichten, das wird alles Kitsch. Nur herumtragen kannst du es, mittragen als gutes Bild. Das gute Bild kann dich begleiten. Du kannst das gute Bild dich begleiten lassen. Und irgendwann findest du dann den passenden Ausdruck. Oder die Antwort. Den Widerschein. Oder du findest den Ausdruck nicht. Die Antwort auf die guten Bilder ist es. Er bleibt die Antwort auf die guten Bilder schuldig. Er sieht die Mutter vor dem Ofen hokken; er trägt das Bild mit sich, ohne es auszudrükken, die Großmutter erzählt sitzend, die alte Thermosflasche zwischen die Knie geklemmt, ganz genau sieht er sie in das warme Licht getaucht, die Hände sind violett, dunkelviolett die Finger, die Handflächen heller mit dunklen Streifen und Flecken, die Haarsträhnen streicht sich die Großmutter mit den Handrücken aus dem Gesicht, die Flächen sind ihr zu schmutzig. Und der Vater vor den Blumen. Wie er vor den Blumen steht und auf sie zeigt. Und Renatas Bewegungen. Das Licht vergoldet den ganzen Hang, kein plattes Gold, ein Schein, der unterschiedslos zärtlich ist, alles anrührend in Güte.

Er gesellt sich zu den anderen, die Holz sammeln für ein Lagerfeuer. Dürre Prügel, eigensinnig verästelt, schleifen sie hinter sich her. Neben der Feuerstelle steht Gottl und zerbricht die Prügel über seinem angewinkelten Knie. Feiste Figur, ja, er hat eine feiste Figur, der Rumpf ist zu lang, die Gliedmaßen unangenehm kurz, die Schenkel drall, erst die Drallheit legt die fehlende Länge bloß.

Kannst du Feuer machen?

Ja.

Dann hol bitte Papier aus der Herdlade.

Wo ist Renata?

Renata wickelt Kartoffeln in Folie. In der Küche wird sie sein. Oder im Vorraum, ich weiß nicht genau.

Er setzt sich in Bewegung, der Schein ist weg, alles in Dunkeltöne getaucht, gleich wird es finster sein.

Renata steht am Küchentisch, den Kopf nach vorn geneigt. Er wischt ihr die Haare vom Nacken und küßt ihn. Der Versuch, zärtlich zu sein. Er will nichts, außer zärtlich sein. „Zarteln" hat die Großmutter immer gesagt. Und er spürt sie und riecht sie und atmet im Gleichklang mit ihr. Nichts kann ihn stechen jetzt, er fühlt nur das gleichmäßige Fließen und könnte weinen vor Freude. Er kann ihn abstreifen, den nagelnden Blick, er verbeißt sich nicht. Er berührt sie ganz.

Gemeinsam wickeln sie die Kartoffeln ein. Er holt das Papier aus der Lade, dann gehen sie, Renata und er, zu den anderen. Fast finster ist es jetzt. Wart ein bißchen, er läuft in die Küche zurück, um die Taschenlampe zu holen. Ganz leicht ist er jetzt, auf halbem Weg wartet sie. Ein Lächeln. Ohne Widerstand kann er zu den anderen treten. Kathrin hält die Taschenlampe, und er macht Feuer, Papier locker knüllend und kurze Prügel schlichtend, bis eine Art Kegel entsteht, der Gottl wirft ihm ein Feuerzeug zu, dessen Flamme er groß stellt, bevor er den Haufen entzündet. Die anderen stehen auf und rücken die Decken näher zum Feuer, er setzt sich dazu. Gegenüber sitzt Renata, er schaut zu ihr hin – das Feuer zeichnet ihr helle Bahnen ins Gesicht, er freut sich. Einer steht auf und wirft größere Prügel ins Feuer. Der Manfred stimmt die Gitarre, dann fängt er zu spielen an. Beatles. Und sie singen mit, innig wie in der Kirche singen sie. Die meisten kennen nur die ersten Strophen und den Refrain. Renata singt den Zwischentext – sie kennt alle Beatleslieder. Ihre Stimme zieht ihnen Gänsehaut über und bringt alles zum Schwingen. Kathrin wirft die Kartoffeln in die Glut. Die Stimmen werden brüchig und die Finger klamm, der Himmel spannt seine Erhabenheit aus, er hat die Sterne noch nie so klar gesehen. Dann sind die Kartoffeln fertig; essend merkt er, wie der Gottl den Blick auf Renata hängt.

Der Schlafsaal wird von Geräuschen zersägt und er von den Träumen. Einen merkt er sich. Renata hat einen Wolf, der nur ihr folgt. Weil er gefährlich ist, sperrt sie ihn ein, bevor sie mit ihm spazierengeht. Wart ein bißchen, sagt sie, als sie zu einem Gasthaus kommen; sie geht hinein und ruft den Gottl an, damit er das Tier befreit. Der Gottl macht es für sie, und bald kommt ihnen der Wolf voll Mordlust entgegen. Er springt ihn an und tötet ihn, und Renata steht daneben und schaut, ohne den Wolf zurückzurufen.

14.

Nach dem Frühstück ziehn sie die Bergschuhe an. Ein Teil beugt sich sitzend nach vor, um die Bänder zu knoten, er und auch andere bleiben stehen und stellen den Schuh auf den Stuhl, bevor sie ihn binden, wieder andere, die sind jedoch in der Minderzahl, schnüren sich hockend die Schuhe. Jause wird in Rucksäcke verstaut und Regenschutz. Dann treten sie in die Kühle hinaus. Die Bergrükken tragen einen rötlichen Schein, der Himmel ist blau, mit weißem Schleier locker verhängt. Tropfen besetzen die Schuhe, sie halten sich aber nur kurz – die Mutter hat die Schuhe mit Fett gewachst. Er wirft einen Blick auf das Schuhwerk der anderen, ganz feucht sind manche schon, und Renata, Scheiße, meine Schuhe sind naß. Sie gehen eine Zeitlang den Bach entlang, dann schneidet der Weg sich quer durchs Tal und steigt steil den Bergrücken hinauf. Rosa und Weiß und Lila lagern sternenförmig auf Polstern, dazwischen blitzt Enzianblau, der kleine Enzian, Nagerl nennt die Mutter ihn und der Vater gentiana und irgendwas. An einer schattigen Stelle, das Gras ist noch grau vom späten Schnee, blühen die Lieblingsblumen der Mutter. Violette Glöckchen mit Fransensaum.

Die Mutter mag sie, weil sie sich hinstellen gegen das häßliche Grau, weil sie einstehen für was und – das hat die Mutter besonders gern – weil ihre Mühe mühelos wirkt.

Er hatte Renata mit einem Kuß geweckt, hineingeduckt hatte er sich unter das darüberliegende Bett; die obere Stockbettreihe war sofort besetzt, und Renata hat, obwohl sie es haßte, mit einem unteren vorlieb genommen. In der Früh war sie arm, das Bett krallte sich fest, sie kam nicht hoch. Er strich ihr über das Haar, und sie gab Laute von sich wie Holz, das die Sonne erwärmt. Die Steile peitscht den Puls, das Herzklopfen stößt die Traumbilder hoch. Der Wolf und Renata daneben, ganz teilnahmslos, und Gottl, der willig gehorcht. Er bleibt kurz stehen und dreht sich um. Das Tal liegt schon unten mit dem Bach, der Bach sieht wirklich aus wie ein Band, Renata ist Schlußlicht, und daneben blinkt Gottl. Und wieder ist da der Klotz. So gern hätte er ihr den Platz unter der Zirbe gezeigt, hätte sich hingesetzt und von sich erzählt, unter der Zirbe könnte er das, und jetzt ist da wieder der Klotz. Er setzt die Schritte noch rascher, bis es ihm von der Stirn tropft, die anderen sind weit unter ihm; er zieht den Pullover aus und stopft ihn zu Jause und Regenschutz. Zehn Schritte noch bis zu einem kleinen Plateau; dort setzt er sich. Eigentlich hat er sich alles viel dramatischer vorgestellt, mit Gottl und Renata. Und er ist nicht eingerissen, kein Sprung läuft durch ihn durch, er ist seltsam teilnahmslos, nur daß er ihr etwas schuldig bleibt, das ist es, was ihn drückt, nur daß der Gottl gerade jetzt dazwischenfunkt, wo er reden kann: Vielleicht würde er im entscheidenden Augenblick wieder nichts sagen außer belangloses Zeug, aber er glaubt zumindest, daß er es kann, und da kommt der Gottl. Wenn es wenigstens ein paar Tage später gewesen wäre. Ob sie zu ihm kommt und etwas sagt, du, der Gottl und ich; nein, so fängt man nicht an; es war schön mit dir, aber; nein, so platt würde sie auch nicht sein; ich hab mich in den Gottl verliebt; ja, das würde sie sagen, ohne Verzierung, ganz schnörkellos, und er, was würde er sagen? Nichts, er weiß es nicht.

Er sieht Renata und sich über eine sanft fallende Wiese schweben. Ganz langsam. Dort, wo die Bäume beginnen, nistet der Nebel fein nah der Erde. Renata schwebt auf den Schleier zu, um knapp davor innezuhalten. Sie richtet sich auf einer Rauchsäule gleich, wenn Windstille ist, um etwas zu singen. Es ist nur ein Ton, aber nicht irgendein Ton, sondern ein Ton, an den sie alles hängt, was sie ahnt: den Grund ihres Seins, die Sprünge, die durchlaufen durch sie, die Vernetzung, die Nähe neu bringt und den Baum mit der Geschichte verspannt und die Wissenschaft mit Gott; diesen Ton singt Renata jetzt und wird immer größer und durchscheinend wie steigender Rauch, dann bewegt sie sich im Auslaufen des Tons und teilt die sanfte Bewegung den Bäumen mit, die sie aufnehmen und weitertragen, immer weiter. Jetzt schrumpft sie und wird wieder körperhaft; mit einer leichten Drehung fängt ihre Hand den Nebel ein, den sie – oder macht er es selbst? – in ein Netz verwandelt. Sie wirft ihm das Netz zu und sagt: Mach dir Flügel daraus.

Die Sonne stubst ihn und die Geräusche der herannahenden Schar. Er bleibt liegen, an seinen Rucksack gelehnt, und blinzelt sie an. Auch Renata und Gottl kommen, ganz in Gespräche vertieft. Manfred holt eine Flasche aus dem Rucksack und reicht sie herum, obwohl es ihm schwerfällt, höflich zu sein bei der Hitze. Doch die meisten lehnen dankend ab, um sich an den eigenen Vorrat zu halten. Sie legen die Rucksäcke ab und beginnen nach den Flaschen zu wühlen. Nach den Flaschen kramen oder Flaschen aus dem Rucksack kramen oder nur außakramen, hätten die im Dorf der Großmutter gesagt. Es wird eine gemütliche Rast. Schön ist es, warm ist es, hast du die weißen Blumen gesehen, steil war's jetzt – all diese Eindeutigkeitssätze verstummen, weil jeder merkt, was der andere spürt: die Stille tut gut. Hochgemut sind sie alle; die Sonne trocknet die Gedanken, sie sind nicht dürr und nicht schwammig, gerade recht sind sie, leicht und sanft wie die Form der Landschaft und die Farben der Blumen.

Nur einmal rempelt ihn Selbstgefälligkeit, als ihm der Gottl von Orpheus erzählt, daß er sich absichtlich umgedreht hätte, weil er seine Leier mehr liebte als die Frau, als Bild für männliche Selbstbezogenheit brachte er das und ließ sich sein Ich-bin-nämlich-Feminist auf der Zunge zergehen wie mürbe Weihnachtskeks. Was war er? Ich bin Pazifist, antwortet er, und der Gottl, natürlich sind Feminismus und Pazifismus eng verwandt. Feminismus ist gar nicht vorstellbar ohne Pazifismus, und umgekehrt kann es Pazifismus ohne Feminismus nicht geben, sie bedingen einander ja.

Er weiß nicht recht, was er darauf sagen soll, wir haben einen Deutschlehrer, der immer über die Parallelen zwischen verstärkten pazifistischen Aktivitäten und Kriegsgefahr redet.

Ein so ein Trottel, natürlich engagieren sich die Leute mehr, wenn die Gefahr greifbar wird, als ob der Pazifismus den Krieg auslöste, ein so ein Trottel, wie heißt er?

Ansonsten ist es ein guter Tag, und auch die nächsten Tage sind gut. Tautropfen reihen sich auf Gräsern zu gläsernen Ketten, die feuchte Luft, die den Rachen wäscht, Formen, die Bilder sanft rufen, zarteln, wieder hört er die Stimme der Großmutter, dazwischen fratzen abgestorbene Zirben bizarre Gesichter und fuchteln knorrig gegen das Blau. Die Flechten malen die Steinkarten grün und grau, die Hügel schmücken sich bunt und verschwenderisch, es ist reichlich von allem da, keine Hast, keine Gier, nur Überfluß und Stille. Sie ist nie absolut, die Vögel hörst du, die Käfer, die Bäche, und doch ist da Stille, weil du nicht der Mißton bist, weil du da einstimmen kannst, weil Platz ist für deinen Atem und deinen Schritt in dem stillen Ton und weil da ein Versprechen ist, du fällst da nicht gleich hinaus, du kannst bleiben, so lange du willst.

Und er hat eine Freude mit sich, zum ersten Mal freut er sich an sich, denn die Landschaft gibt ihm recht und segnet ihn: Die Stille ist gut, der langsame Rhythmus ist gut, obwohl er jetzt laufen kann; er läuft jeden Tag ein, zwei Stunden, aber die Angst ist weg, die Stille könnte verlorengehen, man könnte sich mühen und kämpfen und fände nicht mehr hinein in sie, nur der Stechschritt und die Hetze der Bilder und der Magen, dort, wo der Darm beginnt, die kleine Stelle, die brennt, wenn dich der Stechschritt jagt und du inmitten des Heeres bist, links einer und rechts und vorne und hinten, so weit das Auge reicht, und alle adrett und sauber und nett. Diese Angst fällt ab, er kann laufen und schnell gehen und klettern und stehen und kann in die Stille, den anderen Rhythmus hinein. Und er merkt, wie er sicherer wird.

Er küßt Renata und hält sie und kann etwas weitergeben, etwas vom Segen, von den guten Bildern den Widerschein, und Renatas Körper ist nicht mehr nur Forderung. Und vielleicht versteht sie ihn sogar. Er wird mit ihr zu der Zirbe gehen. Er will es. Allein mit ihr. Er spürt, wie es zuckt zwischen dem Gottl und ihr, aber bevor sie ihm sagt, daß sie den Gottl liebt, will er mit ihr dorthin.

Wie kann er so linkisch sein? Er braucht einen riesigen Anlauf für die einfache Frage, gehst du ein bißchen mit mit mir, ich möcht dir was zeigen. Er steigt zuerst über den Zaun, um von der anderen Seite den Draht für sie nach unten zu spannen; der Weg ist zu eng, um nebeneinander zu gehen, schweigend spazieren sie hintereinander; ihr Atem zupft ihn leicht, geh langsamer. Bald zweigen sie ab vom Weg, Steine und Polster und Berggras und am Fuße des Rückens die Zirbe mit armdicken Wurzeln wie Strebebögen; dorthin setzen sie sich.

Schön ist es hier; ein Satz, der so allgemein eindeutig das Wirkliche schmälert, daß er in Schweigen verfällt, doch kein Schweigen, das würgt, sondern eines, das einfach mehr sagt als die Wörter.

Ich nenne es das Heilige, ganz behelfsmäßig, weil das Heilige auch nur ein Begriff ist für etwas, das viel mehr ist, die Wörter kratzen die Oberfläche nur, manchmal nicht einmal das, wenn du singst oder dich bewegst, das erste Mal, als ich dich gesehen hab, hast du den Hund gestreichelt und den Baumstamm berührt, da hatte ich immer das Gefühl, du kennst es auch, das, was jenseits der Wörter ist oder ihr Ursprung. Manchmal spür ich es so stark, wenn ich die Hände an einen Baum leg, oder wenn ich in so einer Landschaft bin, oder wenn sich jemand mit dem Raum bewegt, oder manchmal, wenn jemand betet neben mir, dann bin ich sicher, daß das die Wirklichkeit ist, in der ich leben möcht. Nicht nur streifen möcht ich sie, ich möcht bleiben. Und dann frag ich, ob diese Wirklichkeit Gott ist und ob die anderen das auch spüren und es Gott nennen oder ob Gott wieder etwas anderes ist. Und ich frag, ob das was Normales ist, so normal, daß man darüber nicht spricht. Oder spüren es die anderen nicht, oder ist unsere Sprache ungeeignet zum Sprechen über das andere, und man singt gemeinsam oder tanzt oder malt ein Bild. Dann bin ich wieder verzweifelt – ich fall da ganz heraus und marschiere und folge einem Rhythmus, den ich hasse, auch wenn ich mich bemühe und auf die anderen schau und sie ganz selbstverständlich marschieren seh, als wär das ihr Rhythmus, hasse ich ihn. Meine Mutter marschiert, als bekäm sie dafür einen Orden, nur manchmal merk ich, daß sie voll Trauer ist und anders leben möcht, aber ich kann nicht darüber reden mit ihr, ich suche die Wörter und hab das Gefühl, sie rennen mir alle davon. Oder ich spinne, vielleicht spinn ich auch nur, und sie liefern mich bald einmal ein.

Er wischt sich die Tränen ab, dann schaut er lang über das Tal. Es ist in Ordnung gebracht, er hat es in Ordnung gebracht, ein Loch, ein schwarzes Loch, und er stürzt nicht hinein, ganz leicht ist er, sterben könnt er, ja, jetzt könnt er gehen, so davongleiten wie ein Herbstblatt könnt er jetzt.

Und er ist Renata dankbar, daß sie einfach neben ihm sitzt und wartet und schweigt. Sie sitzen und schweigen, die Strahlen fallen schon flach über das Tal, Renatas Stimme ist spröd, ganz wirst du's nie sagen können, am ehesten in einem Gedicht, ein Gedicht, das diese Dinge verspannt, dann schweigen sie wieder, aber nie ganz. Nie wird man es sagen können, Musik kann es besser. Dann schweigen sie wieder, und Renata, ich glaub, es ist Gott.

Als das Dunkel die Kühle ausbreitet, rückt er näher zu ihr, bis sich die Oberarme berühren. Er beginnt sie zu streicheln, seine Finger berühren sie kaum. Die Zärtlichkeit fließt aus ihm heraus, sie segnend und ihn. Er hört ihren Atem von tief unten und atmet im Gleichklang mit ihr und im Gleichklang mit dem Baum und dem nächtlichen Himmel. Dann schläft er mit ihr und hat das erste Mal das Gefühl, von den guten Bildern zu erzählen. Und Renata nimmt ihn wahr. Er spürt es genau. Seinen Körper und ihn, er und sein Körper fügen sich neu, er ist ihm ganz nah und teilt sich ihr mit, vorbehaltlos und ganz. Sie erkennt ihn, und er erkennt sie. Lang liegen sie dann, mit der linken Hand hält er ihren Kopf, mit der rechten umfaßt er sie.

15.

Über der Stadt die dicke Luft. Gesättigt ist sie, daß sie die Sehnsucht erstickt; er schaut in die Gesichter, die der Zufall vorüberschickt: Der Anspruch hat sie vermint. Schnell sein, schnell genug sein, brav sein, brav genug sein.

Er geht durch die Straßen, zuerst ganz langsam, dann schneller. Die Hüte in den Vitrinen haken sich fest, der Schmuck und die Kreuze, die Kleider und Bücher, die Teppiche: Die Schaufenster werfen die Preistafeln nach ihm, er schaut auf den Boden, die grauen Würfel krallen sich fest. Dort stehen zwei Bäume und dazwischen die Bank, auf die setzt er sich und schaut und sieht wieder nur Bravheit. Es ist nicht die Bravheit der Mutter, durch die scheint die Trauer, es ist die Bravheit, die alles hochglanzpoliert, die das Sein gegen die Sehnsucht verplankt, eine mattscheibengefilterte Bravheit ist es, besessen nur von sich selbst.

Da empfindet er Dankbarkeit. Er muß der Mutter sagen, daß er ihr dankbar ist für die leise Trauer, die in ihr nistet, auch dem Vater muß er sagen, daß er ihm dankbar ist. Renata wird er schreiben, bevor er geht.